JN085553

Shinchosha

Furui Yoshikichi

われもまた天に

古井由吉

目次

装幀　菊地信義

われもまた天に

雛の春

二月四日は立春にあたった。年末から空気は乾ききり、その日も風の冷たい晴天となったが、立春と聞けば心なしか、吹く風も芯がぬるんでいるように感じられた。午前の十時から、また入院の身となった。

いつもの病院に家から近間なので歩いて来て見れば、人は皆、マスクをしている。インフルエンザの流行のため、院内ではマスクの着用が求められている。玄関口にマスクの販売機がある。病室への外来者の出入りは禁止になっているという。俺も入れないのかと、一瞬、おかしなことを思った。病人の家族は入院の送りと退院の迎えと、手術の立ち会いにかぎり、病室に入ることを許されるそうだ。

馴れぬマスクを着けさせられて外来を通り抜け、病室に落着いて見まわすと、三年ばかり前に初めて手術のために入ったのと同じ部屋であるらしい。六階の高さから北へ、殺風景に建て込んだ見晴らしが遠い高台までひらけている。面会禁止の触れに気がひけて家の者を早々に返し、平服のままでは決まりがつかないので病衣に着換えてベッドに横になり、相も変らず白い天井を眺めると、それがそのまま日常となった。幾度もの短期の入院に馴れて反復にも苦しまなくなった。月曜日になる。

十日あまりも前の通院の際に入院の必要を告げられ、その手続きを済ませた後も、入院までの日数をろくに算えもせずにいた。その間に仕事で外出した日もあり、何人にも会い、入院のことは口にしなかった。ついでに夜の酒場に寄り、少々呑みもした。年寄りには昨日も今日も、今日も明日も、移りの感覚が薄くなりがちなものらしい。それにしても、この前の入院から一年半ほども間があいているのか、と意外なような気がした。

翌火曜日も晴れて旧正月、旧暦の元日になり、この日に手術とは、こいつは春から縁起が、いや、まんざら悪くはないな、とおめでたいようなことを思った。手術は午後の早くから始まり、自分の足で手術室まで歩いて台の上に寝かされ、点滴の薬が熱いように腕に昇り、すぐそばで医師が超音波の画面を睨みながら事にあたるのも見えて、脇腹か肋骨の下あたりから針の刺しこまれるようなのを感じたが、痛みも疼きもなく、局所にはいつのまにか麻酔が回っているらしいと思ううちに正体をなくし、我に返ったのはもう病室のベッドの上で、医師と家の者が話すのを夢うつつに、言葉ではなくて口調ばかりを耳にしたところでは、順調に済んだらしい。

手術そのものは毎度あなたまかせの事であり、本人はあずかり知らぬも同然だが、麻酔のなごりも引いた宵から翌朝までが、痛みがあるでなく、うなされるでもないのに、寝たきりの安静を強いられるばかりに長くなる。眠っては寝覚めして、時計をのぞくこともならないので、まだ夜半前とも、もう夜明のほうに近いともつかず、白い天井ばかりを眺めていると、時間が停まっているような息苦しさを覚えるところだが、これにも入院を重ねるにつれて馴れたか、時間は滞っているようでも、地獄の責め苦ではあるまいし、その間にもおのずと流れて、きれぎれの眠りもその流れに運ばれ、何事も過ぎるので助かると心得て、なるがままにまかせ、時のいよいよ傾きかかるその間際の、しばしの静止を、古人もつくづく詠めたではないか、と懸け離れたことを手繰り寄せてきたりして、目をほぐしては眠り、さらに幾度も寝覚めして、やはり夜は待つとなるとなかなか明けようとしないものだと思わされる頃、またまどろんだようで、いきなり部屋の扉がひらき、看護婦が朝の検診に入ってきて、ついでに窓のカーテンを押し開けた。起床時間にしては窓が暗い。表は雨だという。

朝の九時前には安静を解かれ、病棟の廊下を歩いていた。とりわけ改まった気分もしない。廊下の東はずれの窓に寄り、これも毎度のことで、ひと歩きほど先にある我が家の方へ目をやると、手前にあった団地がいつのまにか取り壊わされてさら地になり、冬枯れの樹々を通して、自身の住まうマンションがひときわ近く、あらわなほどにくっきりと立ち、あそこに五十年も棲息していたのかと面妖なように眺めさせられた。まもなく手術後のＣＴ検査に呼び出され、地階まで一人で降りた。この検査もこれまでにくらべるとあっさりと終った。さしあたり問題はないらしい。検査医の沈黙をあれこれ忖度するようなことはもとよりしない。検査室を出て閑散とした廊下の奥の翳った窓からのぞくと、けぶるように降る雨にしっとりと濡れた枯木の幹が、表は寒いと聞いていたが、春めいて見えた。

　部屋にもどると、入院から手術の翌朝の検査までが仕事の内であったかのように、することがなくなった。水曜日になる。面会禁止のせいで病棟内は閑散としている。出勤を控えている人もあるのか、職員の数もすくないようだ。入院患者もおしなべて、一年半前にくらべてもさらに高齢になっているようで、廊下を歩く姿もあまり見かけない。することがなくなればベッドに寝そべって持参の、支える手に軽い文庫本か新書判を取り出すことになるが、読んでいるつもりがいつか本を胸の上に落としている。読むのがいささか佳境に入った心のままに、まどろんでいると、これにくらべれば平生、一時間も二時間もじっと机に向かっているのが、気の立った沙汰に思われる。小雨の降る日は、部屋の内の薄い光が変わらなくて、かえって過ごしやすいようだった。このお湿りで世の感冒もすこしはおさまるだろうと、これは六階の高みからの思いだった。

　しかし日が暮れて夕食も済ますと、また夜に向かう。床に寝そべって本を読むには、枕灯の向きをどう変えても、本をどう持ち変えてみても、紙面が暗がりに入り、眼に堪えがたくて、消灯時間よりも早くいっそ室内のあかりを消し、廊下から差す光を受けて白く浮かぶ天井を眺めるばかりになる。つい昨日の、手術後の安静を強いられた夜ともまた違った夜の長さだった。手術は無難に済んで、いつもの例だと明後日の退院となるはずであり、この夜が明けてしまえば、もう退院の前日になる。先を急ぐ心はとうにないつもりでも、家に帰るまでにまだ一日が間にはさまるという半端さに苦しむようだった。

夜には病院のすぐ近くの環状道路の立体交差を渡る車の音がゴトンゴトンと、昔の夜汽車がレールの継ぎ目を踏む音のように伝わる。それにも入院の日のうちに馴れた。家にあって深夜に息を入れに出る南おもてのテラスから聞こえる音とそうも変わりがない。真冬の凍てついた夜にはこれよりも甲高いように冴えて響く。ただ風の渡るように聞こえる夜もある。去年の厳しかった寒の内にはとりわけ耳について、深夜の道を突っ走る人の心を思ったりしたものだ。

消灯時間の後には静まった廊下から人の声も伝わる。頑是ない幼女が泣き叫ぶ。

じつは幼女ではなく、宵の口に泣いているのを見かけたところでは車椅子の老女だった。深夜の路上でわめく酔漢の、世におのれ一人あるような声の奔放さに、生涯の意志も失せかけた寝床の中で気押されるという話を読んだことがあるが、女人の夜に泣き叫ぶ声もそれに劣らず、耳をあずけているとこたえてくる。老女の叫びと聞けばなおさらのことだ。

かと思えば男の、塩辛い声が始まる。やはり年寄りらしく、しきりに説教するような、あるいは何事かの講釈でもするような、そんな口調が節々でじわりと尻さがりになる。相手に言いふくめて同意をうながすようでもあり、そこに揶揄がまじるようでもある。似たような話し方をする噺家がたしか昔いた。大道の香具師の口上にもどこか通じる。そっくり同じ節まわしが繰り返されるところでは、じつは相手はいなくて、ひとり言なのかもしれない。

人は一夜の内にも八億の事を思うというような言葉が、どういう文脈の内か知らないが、仏典のほうにあるそうだ。八億とまではいかなくても、人は一夜に千の事を、胸の内でつぶやいているとも考えられる。すべて由なき繰り言のようでも、千にひとつ、あるいは千全体でひとつ、おのれの生涯の実相に触れているのかもしれない。ほんとうのことは、それ自体埒もない言葉の、取りとめもないつぶやき返しによってしか、表わせないものなのか。本人はそれとも知らない。ましていたく老いて病めば、長年胸にしまっていたつぶやきが、眠れぬ夜にはひとりでに口からしまりもなく洩れる。聞いていると、いよいよ口説きつのる声が夜じゅう続きそうに思われたが、ふっと止んで、それきり途絶えた。やはり相手はいて、そっぽを向かれたのではないかと思った。

その夜は人の声が止むといつか眠ったらしく、幾度かは寝覚めして天井の白さを眺めたようだが、待つということもなく朝を迎えた。退院の前日と決まった。表は薄曇りの空から陽が洩れるようで、窓の内から眺めるかぎり雨の後でひときわ春先めいて、長くなりそうな一日に見えたが、無為を惜しむような気持から、本も手に取らずにただ寝そべっていると、時間は造作もなく経った。夜にも病院の時間とようやく折り合ったように早目に寝ついたところが、夜半に寒さを覚えて、窓に北風の吹きつける音を聞き、念のため一枚着重ねるために起きたついでに、手洗いに立つことにした。

廊下は風の音も入らず静まっていた。手洗いのほうへ行こうとすると、廊下の先のほうの、道の真ん中に車椅子がこちらに向いて停まっていて、看護婦に付き添われた車の上の老人がいかめしげに黙り込んでいる様子なので、すれ違うのもつい遠慮されて逆まわりの道を取ることになり、角をふたつ折れて南寄りの廊下に出ると、先のほうの、やはり道の真ん中に車椅子がこちら向きに停まっていて、車の上には老人が同じようにいかめしげに黙り込んでいる。どの部屋から出てきてどの部屋に入ろうとするともつかない。車の後にはやはり看護婦が付き添っている。壁際に避けてすれ違う時に見れば、立ち上がれば恰幅のありそうな老人で、顔も大きく、なにやら憮然とした、あらぬところにながらく留め置かれたような面持ちをしている。看護婦も夜半の廊下に立ち静まっている。

見て見ぬふりをして車椅子を後にしてから、あれは何だろう、どうにも眠れなくて固くなった頭をほぐしに看護婦の手をわずらわせて、深夜の廊下に出て息を入れているのだろうか。しかしむこうの廊下にも同じように車椅子が停まっていたところでは、同室の病人が息を引き取ったので、後の始末のつくまで廊下に出されて控えているのだろうか。そんな急の気配も部屋の内から聞き取れなかったけれど、仮に急な事があったとしてもどうして別々の廊下にいるのか、と首をかしげながら角を折れて手洗いに入り、用を足して逆もどりせずに先の角を北寄りの廊下へ折れて、変わらず道の真ん中に停まっている車椅子のそばをそそくさと通り抜け、自分の部屋の前に立って振り向けば、車椅子にいるのは老女で、しかも先の老人に劣らず顔が大きくていかめしく、さらに忿懣やる方なさそうに目を剝いている。付き添った看護婦がさらに立ち静まった姿に見えた。

何事があったのだろうとまたあやしんだが想像がつきそうにもなく、睡気がまだ失せていないようなので早々に寝床に就き、天井を眺めて、あれはとても少女のように泣き叫ぶ顔ではない、それとは別人には違いないが、しかしあちらの廊下にいた老人と顔が似ていたとまた考えかけたが、明日退院の身に、病院にいる心がいささか遺りそうで、窓に吹きつける風の音に耳をあずけて眠った。

翌日の午前中の退院となった。月曜から金曜までわずか五日のことであり、外来のホールの人が揃ってマスクをしているのを、日数もないように眺めたが、勘定を済ませて外に出れば、これも退院の際の毎度のことで、足もとがめっきりたよりなく、おまけに風がまともから吹きつけて、行くほどに道が遠くなり、あげくには喘ぐようにして、入院の時よりも病人めいた足取りになって家にたどり着き、扉を内から締めて風の絶えたところで息をついた。入院の跡を片づけると、日常は切れ目もなしにつながり、手術まで受けながらたわいもないものだと我ながら呆れて留守中に届いた郵便物を見て行くうちに、古い知人の逝去を報らせる葉書に目が止まった。享年八十三だったという。しかしいくら読み返しても、酒場で初対面の折りの、あれはどちらも三十代なかばのことだったか、まだ青年の面影を残した顔しか思い浮べられない。たしか、タートルネックの白いセーターを着ていた。老年に入ってからお互いに音信が絶えたとは言うものの、こちらこそこの何十年、内で歳月がしっかり経っていないのではないかと疑われた。

その日は昼のうち睡いのを我慢して、夕飯の後から床に入って夜半近くまで昏々と眠り、目覚めて風呂に入り、また床に就いて眠れるかと思ううちに正体をなくし、日が高くなってからふらふらと起き出してきて表をのぞけば空はどんよりと曇って、常緑樹の葉が白い。朝方に雪がひとしきり降ったらしい。

　午後から机に向かって、悔みの手紙をしたためることにした。ところがしばらく物を書かずにいたせいか、やはり手術の後遺だか、指先がこわばってままにならず、崩れかかる文字を束ね束ねするうちに、気を詰めたあまり頭の内が白く、表ではまた雪になっているような心地になり、ようやく短い文を〆めて封筒に納め、切手を貼ろうとして、さて困った。いまどきの切手に、悔みの手紙に貼るに穏当なものが見あたらない。小箱の中を搔きまわしても、めでたく咲いた花か、子供っぽい図柄のものしかなくて、こんな時代になっていたか、といまさら腕組みして考え込むようにした末に、冬枯れの樹を前景にあしらった切手を見つけて、これを貼ってほっとした。

　この冬はしきりに救急車の音を耳にする。昼となく夜となく、机の前を立って息を入れにテラスに出るたびに、やがて聞こえてくる。インフルエンザの流行のせいか。症状の急激に悪化することがあるのだろう。年寄りの多い界隈でもある。転倒して骨折の難もあるか。

未明の寝覚めにも床の中から聞く。昔はたしか切迫した唸りの、警報のサイレンに通じる音だったはずだが、いつ頃からか、これももう何十年来のことと思われるが、よほど柔らかな音色になり、聞く者の内に胸騒ぎを喚び起さなくなったかわりに、遠ざかるにつれてあたりの静かさがまさり、寝覚めの耳を遠く、聞き取れなくなるまで惹いて行く。

——ねざめに遠き小車（をぐるま）の音

往古の連歌の、付句（つけく）が浮かんだことだ。誰かと思ったら、宗祇の句だった。おかしな連想である。都大路だか小路だかをカタコトと行く牛車と、今の大都市の道路をひたすら走る救急車とでは大いに違う。しかしその前の句には、誰か此のおもひの家を出でぬらん、と人がついに思い立って火宅を出て山寺やらに向かう、その心をはるかに思いやっているようなので、これも火急の車になる。出家にもわずかな間の潮目はあり、そこをのがすと、またずるずると日数を延べて、あらましのまま生涯を尽くすことになると言われる。今の世では逃がれる先もなく、まして八十をとうに越えて救急車を呼ぶようだと、終の門出になりかねない。

一句ごとに移り行くのが連歌の心であるそうだから、小車に付けて次の句が、恋路に通う車と取りなして、また先へ送ってもよいわけだ。救急車ではそうもいかない。

それにしても先頃の入院中は、そこも救急病院なのに、救急車の音は夜にも耳につかなかった。救急車は目的の病院に近づくと入院中の病人の耳に気をつかって、何としても気味のよろしくない音をひそめるものらしい。あるいは手術の翌日の雨の一日に、草木ばかりか人の喉も潤ったように感じられたが、実際にあれからしばらく感冒も下火になっていたのかもしれない。退院の後にも、立春からいくらも日数は隔たっていないのに、季節は微妙に移っていく。雨も追って降るようになった。きさらぎの雨というほどにしめやかではないが、南おもての桜の枯木の、老いた幹が雨の降るごとに艶をふくむように見えた。雨あがりの夕日に照らされると、その艶が紫色を帯びる。冬の落日の烈しさもなく、あたりはうっすらと霞んで暮れていく。

春先の日和（ひより）の暮れ方に、長年の広くもない住まいの内をのそのそと歩きまわり、物を片づけるでもなく、ところどころで立ち停まってはあたりをしげしげと見まわしていたという老人がいた。私も初老に入った頃に耳にした話である。何をしているの、まるでこれから引っ越しでもするようじゃないの、と奥さんが見咎めると、こんなところに風呂場があったのか、などと口走るようになったら、俺も立派に耄碌したと思えと笑う。何を言ってるの、娘たちだけでなくて、孫たちもつかったお湯じゃありませんか、と奥さんはからかわれたかと呆れてさがった。大病の後でずいぶん元気になっていたのが、桜の花の咲く頃に花見がてらなどと言って再入院したきり、椎の花の匂う頃に亡くなったという。

やや長目の海外出張の時に、旅の仕度をすっかり整えて立ちあがり、家の内をぐるりと見まわす、そんな癖がどうもあるらしい、と話した男もいる。まだ壮年の、働き盛りの頃のことである。自分ではそれとも意識せず、そのまま普段の出勤と変わらぬ気持で家を出るのだが、旅の日程をなかば過ぎた頃に宿の寝床から、何かを間違えて来たような気がして、ここまでの仕事をあれこれ確めるうちに、出がけに家の内をつくづくと、心を遺すように眺める自分の影が浮んで、身の危険を伴うような旅であるまいしと払いのけようとするのだが、なかなか立ち去ってくれない。その後もことさらに慎しむでもなく日程をこなして、家にもどって来ても、家の内を見まわしたりはしないと言う。

　世の中はこれまでにない景気と言われ、人は忙しく奔りながら、どこか気怠そうでもあり、いったん腰を落としてしまったらしばらく立ち上がれないというような様子に見えた頃のことだった。その景気の外に置かれた私も、出張の旅の夜の、ふっとした気迷いの話を聞いて、さもあらんか、とうなずかれた。私のほうはたまさかの海外旅行の、むしろ出発前までが留守中の仕事を詰めてしまえておくことに追われ、家を出る時には忙しさを振り切った気持になり、空港の搭乗ロビーに入れば、かりにしまえずに残してきた用事があっても、ここまでは追って来まいな、などと思ったりする。公用の旅ともなればまた違うのだろう。若い頃ならともかく、人生のなかばをまわり、何かにつけて衰えを覚えさせられるようにもなれば、慣れた旅でも、いや、毎度の旅ならなおさら、その途中の宿の夜に、時間が停まったようになり、ここまでひたすら背を押しまくってきたのにこれはいまさらどうしたことかとあやしむにつれて、どことも知れぬ所へ置かれたようになり、出がけに家の内を心遣りのように見まわした自身の影が見える。出張中の宿で心臓発作を起こして帰らぬ人となった例もある。

そんなことを人になりかわって思ったのもはるか昔のことになった。今では海外旅行など思いも寄らない。旅券もとうに期限が切れた。更新するつもりもない。国内旅行もあきらめた。年々、足腰が弱って行動範囲の狭まってくるのを、さほどもどかしいともさびしいとも思わず、そのことにどこかくつろいでいるところでは、どうやら生来、あちこち自分なりに歩きまわったつもりでも、遠くまで行くことを好まぬ人間らしい。遠くへ出ることを、自身の事としては間違いのように感じている節がある。遠い境の、その手前まで、すでに行って来たような気がしないでもない。

大震災の年からほどなく、九十歳を越した義母の病気見舞いと、そして後（のち）の事のために、福島市まで両三度足を運んだのが、最後の旅になる。その後も、日の暮れから街へ出かけることはたまにある。人と酒を呑んで話している間は、時間は苦もなく経つが、夜半過ぎに家にたどり着くと、あれで長旅をしてきたように感じられる。上着が重たい。すぐに寝間着に換えて、脱いだものをハンガーに掛け、まるで外出の跡を自分の目から消そうとするようなのは初老の声を聞いた頃からの癖だが、始末を済ますと、ふっとあたりの雰囲気をあやしんで、家の内を見まわすことがある。見馴れた天井から壁から床まで、てんでに据わる家具まで、その線も面も角も妙にくっきりと際立つ。これは酔ってもどってきた時にとかく起こる視覚のささやかな異常だとは長年の体験から心得ている。酔眼ながらの明視である。朦朧としかかる目をむやみに瞠るので、網膜に結ぶ像が過度に張り詰めるのだとも思われる。しかしハンガーのほうへ目をやれば、いましがた雑に投げ掛けたはずの服が、これを限りに御用を済ませましたと言わんばかりの顔で吊りさがっている。

そんな夜には寝床にもぐりこんでたちまち眠りこむかと思えばしばらくは夢うつつ、昏睡の表面にうっすらと意識が張っているようなふうになり、窓に暗幕を引いているので部屋の内は暗闇で天井も見えないのに、どこやら天井の高くて広い所に、どうかすると露天に、ひとり寝かされている心地から、あれ、あんな所に人が寝てるよ、と驚く人の声が聞こえて、そんなところに寝ていないでいい加減にして帰って来ないか、と自分でも誰やら身内のことのように眉をひそめては、しきりに深い欠伸（あくび）をつき、あまりにも空漠とした闇へおのれの息をすこしでも送って、暗闇が平生の部屋の寸法に納まるのを待っている。窓は閉じているので聞こえるはずもないのに、遠くから雨が渡ってくるように感じて、つれて睡気の差してくることもあった。閨（ねや）の灯の湿めるのを見て表は雨になったことを知るというような古歌があるけれど、敗戦の直後の停電の夜にもそんなことはあったかしら、と考えながら眠りこんだ。

　いつか雨水の節となった。その日は暮れ方から雨になり、しとしと降る匂いを嗅ぐと、雨水の節とはよく言ったものだと思われた。昨年の末まで三十何年も月々に続いた小さな仕事の終了をねぎらってくれる人たちがあり、宵の口から近間の街へ出ると、道を行く人のマスクがめっきりすくなくなっていた。

病院にいたのは立春にあたる月曜から金曜まで、日数のうちにも入らないが、それでもこれまでの入院にくらべれば、手術の日もふくめて、一日ずつが楽に経った。家に帰ってからはさらに楽に、気楽なように経って行く。吉い兆しか、悪い兆しか、知れるところではない。朝に起きてはさしあたり今日やらなくてはならぬこともなく、夜床に就いてはとりわけ明日やらなくてはならぬこともない。午後からとにかく机に向かっても、ことあてもない。無為を苦にもしない。退屈らしいものも覚えぬうちに、だいぶ長くなったはずの日も暮れかかる。

しかし振り返ってみればこの無為に和む心は昨年の秋からわずかずつながら始まっていたようだった。日々にあらわに枯れていく樹を眺めては、この夏の酷暑の中で二年来の仕事の詰めにかかっていたその疲れのなごりに、今になり耽けるようにしていた。寒の内には、昨年の冬場のとげとげしい寒さにくらべればよほどぬるいようではないかと感じるにつけて、そこはかとなく春めいた日に冬眠中の毛物がむず痒さを覚えて、耳の裏あたりを後肢の先でちょこちょこと掻いてはまた眠る、おかしな恰好を想像して、我が身になぞらえたりした。入院の前と後とで、体調は良くも悪くもなっていない。うっかりすると、病院にいたことも忘れている。

気ままに手に取った本を半端に読んでは読み捨てるうちに、日はさらに経って、二月も残りがすくなくなった。晴れた日には昔の木造家屋なら硝子戸の内、陽の差す障子の前の縁側に寝そべって、手にした本もいつか取り落とすという季節になるが、今の住まいにはそんな日溜まりもないので、相変わらず机に漫然と向かっている。しかし三月の声を間近に聞けば、この先まだ仕事を続けるつもりならこの辺でそろそろ糸口ばかりでもつけておいたほうが穏当かと、準備にかかったものの、ちょっとすすめては取り崩し、埒があかない。

遊び仕事という言葉を思い出した。たしか、日も暮れかけて職人たちの気分もだらけているのに、半端な仕事がまだ残っている時に、遊び戯れるままにまかせて働かせると、かえってはかどるということだったか。春の前触れの、ほのかに霞む日の暮れを連想させる。言われてみればこの自分も長年にわたり、つねに前のめりに来たようで味気なく振り返られることもあるけれど、じつは遊び仕事で過ごしてきた気もする。難所に行き詰まって投げ出さんばかりになるたびに、気を抜いて擦り抜けた。一日一日の仕事もそんなふうにして暮れた。遊び仕事とは、今から思うに、それでもだんだんに済んでいくという心である。じつは何事も済まないのだが、とにかく一日ずつ、そのつど仕舞いにはなる。しかし忙中の閑に棹差せばその皺寄せで閑中の忙も避けられず、日数の経つのが速いことに、あるいは妙に遅いことに苦しむ。時間の流れの不順は心身の内壁を傷つける。それにしても近頃こうも安楽に日数が過ぎていくところでは、ようやくだんだんに済んできているのかもしれない。

三月に入ってまた雨の日になった。終日、降ったり止んだりして、テラスの胸壁の上にわたされたまるい管の手摺りに、雨の滴が並んでさがった。そのなかに白い光を先端に珠のようにふくむ滴があり、その細い輝きを眺めていると、やがてポトリと落ちる。雨は夜まで残り、翌日にはあらためて風まじりに降り、退院後の最初の診察の日にあたり、傘を傾けて病院にたどりつくと、こんな日にも外来の客で込むその奥に雛段の飾ってあるのを見て、昨日が雛の節句だったことに気がついた。

ここの病院では年来、早くから外来のホールの奥の壁に雛を飾るようで、ひと月前の入院の日にも、折から感冒の流行中、白いマスクをした人の集まる中で、毛氈の色が目についた。昔は赤い物が悪疫を払うと信じられて、病人のいる家では赤い布で病床を囲むようにしたとか、あれはたしか疱瘡の流行の折りだったか、とそんなことを思いながら面会禁止の病棟へあがったものだ。

いま来て見れば、表の雨天の暗さのせいもあり、たいていが高齢の客の間から、緋毛氈に照る雛の顔がよけいになまなましい。

我が家にも二人の娘がいたので雛は居た。五段飾りだった。あれも五十年も昔のことになるか、下の娘がまだ母親の腹の内にいたので、父親が遠く岩槻の人形問屋街まで足を運んで、人形を見る眼などまるでなかったが見立ててきた。春先のなまぬるい風が吹いて、陽差しの中にうっすらと埃の舞う、気怠い日だったかと思う。さて注文の荷物が届いて、夜に妻と飾りにかかると、これがなかなか手間のかかる仕事と知れた。雛たちに冠を結んだり、扇やら笛やら鼓を持たせたりするには、男の指は太すぎる。それでもようやく飾りつけて眺めれば、おおまかに見立ててきたにしてはなかなか優美、可憐な雛たちだった。

その雛たちも先頃、茶毘に付された。実際に焼かれることになったかどうかは知らないが、とにかく遠くへ送られることになった。娘たちはとうに家を出て、親たちは老いるにつれて、始末に困っているところへ、雛人形を供養して送ってくれるところがあると聞いて申し込むことになった。供養の日には集めた雛たちを並べて、読経もおこなわれたという。参列した妻と娘は、家のお雛さまは綺麗だったと帰ってきて話した。

雛を引き取られる何日も前から、内裏と三人官女と五人囃子ばかりを取り出して、嫁ぐまで長女のいた部屋に、平台にのせて飾ることになった。五人囃子に持ち物を付ける仕事を私は受け持ったが、指先がめっきり利かず、冠の紐を結ぶことはできなかった。未明の寝覚めに手洗いへ立ったついでに、雛の居る部屋に寄ることもあり、しゃがんで眺めていると、五人囃子は可憐で、三人官女はいよいよ優美だが、その優美な口もとから、何もかも、人の定めも行く末も知っていながら物言わぬ、ふくみ笑いがひろがりかけるようで、あやうい気がして腰をあげる。寝床にもどってから、もしもあのまま留まって、電灯も消して、北向きの部屋だが夜の白らむまで眺めていたとしたら、どんな面相があらわれることかと思った。

じつは雛がこの家に飾られたのは初めの幾春しかなく、四十年あまりもの間、押入れの上の天袋の中に、顔を和紙に覆われ、箱にしまわれたままになっていた。雛たちがこの家に来て数年した二月の末の、雛段が部屋に飾られていた頃に、私の母親が亡くなった。病院の霊安室で私が死者に付き添っていたその間、家では妻が雛を取り急ぎ片づけていた。その妻が翌年の春先の、やはり雛の飾られていた頃に病んで入院することになり、今度は私が妻の郷里から駆けつけた義母と二人で雛をしまうことになった。

祝う閑もなく片づけるのは索漠とした心のものだったが、私の手際は飾りつける時よりもよほどよかった。これはその時にかぎらず、初めて雛をしまう時からそう感じて、雛を扱ったこともないのにとひそかに訝っていたところだった。よほど後になって考えてみれば、私の生まれた家にも戦前、一人の姉があり、雛たちは居た。雛を出すにもしまうにも男の子が手伝うわけはなかったが、雛を扱う母親と姉との、女たちの手さばきを傍に坐って眺めていたらしい。とりわけ節句も過ぎて雛をしまう時には家の内のはなやぎを惜んで、熱心に見まっていたようだ。和紙の小切れの両端をコヨリに撚ったもので、内裏から始めて三人官女、五人囃子と順々に、顔を覆って髪のうしろで結ぶ。隠される間際の雛の顔がかすかに笑うようなのに、子供の目は惹き寄せられた。戦乱が本土に近づくにつれて、世に奢侈が咎められ、お互いに近隣の目を憚り、食料にも事欠くようになり、節句が来ても雛は二階の部屋の天袋にしまわれたまま、敗戦の年の五月二十四日の未明に家とともに焼かれた。

　天袋の中で顔を覆われたまま煙に、やがて炎に巻かれていく雛の笑みが、青年の頃から何かのはずみに、見たはずもないのに仔細なように浮かんだところでは、あの空襲の未明に、防空壕から飛び出して、家の内は軒から白煙を吐きながらまだ静まっていたが、二階の屋根の瓦のあちこちに鬼火のような炎のゆらめくのを見あげて、火急の時にはあらぬことを思うもので、二階の天袋の中で炎上寸前の雛たちの顔へ瞬時心が行って、後(のち)の記憶の底に遺ったものか。

　節句の前後に悪いことのあった年の重なったばかりにやがて雛を飾らなくなったのにも、炎に包まれる雛の影が落ちていたせいもあるのだろう。雛段を枕に病人のふせるのを見て、これは吉くないことだと思った覚えがある。ところが、雛を飾らなくなったその頃から、能面のようなものに惹かれるようになったものだ。古い能面の展示されている所へ、わざわざ雨の日に、足を運ぶこともあった。人のいない展示場でひとつの面を眺めている。熱心なようで、逃げ腰でもあった。とりわけ﨟丈けた女人の面の、苦悶の際（きわ）を想わせてかすかにひらいた口もとから、見覚えのあるような笑みのひろがりかかるのを、待つようでもあり、避けようとするようでもあり、結局は見えそうで見えないことにほっとして立ち去ることになる。ある日、表へ出ると雨はいつかやんで白く霞む空に細い月の掛かっているのを眺めて、あんなことはもうやめよう、吉くない癖だ、自分は所詮、恍惚の器ではない、とつぶやいた。

暗い夜道を一人で来て、向かいからやはり一人で来る見も知らぬ女に出会うほど、おそろしいこともない、と老人のふっと洩らしたのを若い頃に耳にした。まだ遠いところから顔が、顔ばかりが暗がりに浮かぶ。気味がよくないようで、脇道があれば避けたいところだが一本道なので仕方なく、かるい目礼を交わしてすれ違い、ほんのしばらく行って気がつけば、どんな顔であったか、まるで思い出せない。年のほどもおぼろになり、何処の誰でもあるようでもあり、誰でもないようでもある。ただ何かあやういところを抜けて来たばかりの顔であったように思われて振り返ろうとすれば、背中から寒くなる。足早にその場を遠ざかり、翌日になって人に、昨夜この近辺でおかしなことはなかったかとたずねてまわったが、夜半にいきなり大粒の雨が落ちてきて、土砂降りになるかと思ったら、ひとしきり騒いでぱったりと止んだ、ということのほかには何事もなかった。

それにつけて私のほうにも思い出すことがあった。雪の夜道である。まだ二十代の、北陸の金沢の街に暮らしていた頃のことになる。大雪がもう十日あまりも、日夜降り続いていた。連日、朝から暮れまで下宿の屋根の雪おろしに従っていたが、おろしてもおろしても積もるが上にさらに衰えぬ雪の力に、近隣あげて徒労感に負けたか、あたりの屋根から雪おろしの声も絶えた日の、暮れ方から気晴らしに中心街に出て酒を少々呑んだその帰りのことだった。市電もバスも交通が途絶えて、勤めを休めぬ人は歩いてかようので、帰り道の腰掛けに、酒場は繁盛していた。

雪は変わらず降りしきっているが、粉雪は払えばさらさら落ちるので、傘もいらない。野中の道ではなく、市街の大通りだった。雪に覆われて車道も歩道もない。新雪は踏めばきしきしと鳴って足を受け止める。見渡せば雪明りの中で物という物から陰翳が拭い取られている。気がつくと自身も雪の上に影を落としていない。わずかにところどころ雪の窪みにうっすらと溜まる翳が、どういう光の加減か、白い色の染みた酔眼のせいか、ほのかな朱鷺（とき）色をふくんでいるように見える。

　夜もまださほど更けていないので、人も通る。踏めば締まる新雪の上積（うわづ）もりのおかげで滑るおそれもなさそうなのに、一歩ずつ足もとを確めるようにして行く。あれでは少々の道のりでも、行くほどに遠くなりはしないかと思われた。女の人も来る。物をかぶり足もとに目を落とし、どれも美しく見える。夜桜の下では行き交う人が皆美しく映えるとは歌で聞いていてさもあらんと思っていたが、花と雪とでは、同じようで異なる。物の翳を掻き消す雪明りの中では、それぞれの面立ちと見えていながらどれも同じ、なめらかな瓜実の、それこそ誰でもあり誰でもなく、ただ何かの境の、その際（きわ）へ向かうような、静まった面相を浮き立たせる。さすがに雪を踏んで行く緊張もあるのだろう。しかし間隔を置いてすれ違う時にその口もとがゆるんで、背後へ遠ざかるにつれて笑みがふくらみ、ほんとうのことを話しましょうか、と咎めるように感じられた。

女の身とすれば、雪の夜道をむこうから男が来ればまだ離れたところからその臭いを感じ取るのかもしれない、とやがて思った。近づくにつれて表情をおさめ、誰でもない面相になり、すれ違う時には何事もなさそうなので息をついたのが、うっすらと笑うように見えたのだろう。しかしこちらこそ、女の面相が雪明りの中で浮き立った時に、もしもあの切り詰まった顔に間近からまともに向きあうことになったとしたら、笑みを塞ぐためにも、抱き寄せるほかになくなるのではないか、とたじろいで目を逸らしたようだ。

わかってますよ、とその笑みが背後でふくらんで、どこの人か知りませんけれど、あなたはいつかそんなふうにどこかの女の人を、まともに顔を見るのに堪えられないばかりに抱き寄せてしまって、そんな時にかぎって子を孕ますんですよ、そうに決まってます、と遠ざかりながらつぶやくように聞こえた。

酔いがまわってきたようで、一人の女人とすれ違ったのか、それとも何人かと同じことが繰り返されたのか、それもおぼろになり、雪の道を歩き続けた。下宿のある小路へようやく折れて、今夜はもう雪の降り続くのにまかせて人は寝静まったようだ、この大雪の中で聞くかぎり葬いの出ていないのはせめてものさいわいだ、とそんなことを思っていると、長い小路に沿って生暖い風が吹き寄せ、黴のような樟脳のような、人肌のような、匂いをかすかに運んで来る。とっさに、雛のことを思った。小路の両側に並ぶ奥行きの深い家々には、戦災をまぬがれた街のことなので、古いお道具が遺されていると聞く。古い雛もあることだろう。こんな大雪の最中にも春の近づくのに感じれば雛を取り出して飾る家もあるに違いない、と合点しかけたところで、いくら何でもまだ一月の末ではないか、雪おろしの苦労に日を重ねたので、時がよけいに経って春も近いような勘違いを起こしたかと我に返ると、下宿の前をだいぶ通り越していた。

それとも、雪明りの中ですれ違った女人に先々へ向けて掛けられたと感じた呪縛に、こうして雪の道をどこまでも行けば出会うことになりはしないか、とおそれながらひたすら歩くうちに、雛の春に近づく心になっていたのか。とにかく、おかしなことにならぬ間に立ち停まるに如くはないと考えて下宿に引き返すことになり、早々に二階の部屋にあがって寝床に入り、今夜はあの雪にしては雷も鳴らず霰も叩かず、低く垂れた雲が吐き出せるだけのものを吐き出すような、そんな降り方だった、と表の静まりに耳をやれば、小路をまだ先へ行く足音が聞こえる気がした。翌日、雪はまだ降り続いていたが、寒気がどこかゆるんで、積もった雪もやや濡れているようだった。

立春を過ぎて雨水の頃ともなれば、昼間には家々の軒から滴がしきりと垂れ、屋根の雪が滑り落ちることもあり、路上に積もって踏み固められて凍りついた雪も表面からじくじくと融け出すが、日が傾けばまた凍りなおし、通る人から熱を吸い取るように感じられ、ぺたぺたとほっつきまわる犬の姿も寒そうに見えた。春先は厳しい冬を堪えた肌にはかえってつらい、身の置きどころもない季節に思われた。

あれから五十何年も経って、今年の春先の天候はここ何年かにくらべて順調のようだと人も言い、ときおり気流が乱れて年寄りはそれとなく苦しみ、救急車の音もまたしきりに耳にするが、若い身体にはこの落着かぬ風も春の便りと感じられるのだろうなと思ううちに、また乱気流が近づくと伝えられたが、風もさほど吹かずに、本所深川の大空襲の未明は過ぎ、それをすぐに追って東日本の大津波の日も過ぎた。

われもまた天に

今年は四月の二十七日から五月の六日まで、改元の祝いだか、休日と休日の間をつないで十日続きの連休となった。その十連休の中頃、午前中はひさしぶりに晴れあがって初夏の陽気になり、皇居の辺では参賀の客でたいそう賑わって熱中症で倒れる人も出たそうだが、午後からにわかに掻き曇り、大粒の雨が落ちてきた。わずかな間にずぶ濡れになった人もあり、まるで冷や水を頭から浴せられたようだったと話した。雨に氷の粒が混じっていた。所によっては本格の雹が降り、地面が白くなったという。私の住まうあたりでは雨はほどなくあがったが暗雲は切れず、雷鳴が遠く近く、いつまでも続いた。雷が四方をめぐっているようにも聞こえた。

五月に雹を見るとは、八十を越した年寄りにはつい凶年を想わせる。都会育ちの人間にも古来の農事の心が埋め込まれているものらしい。この春はおしなべて気温があがらなかった。冬はだいぶしのぎやすくて立春の頃から順調に早春へ移って行くかに見えたのが、三月に入ってから陽気が滞り、花の咲くのを待つ頃から寒さがまさり、雪の降った土地もあり、やがて満開になった花は色が薄くて匂いもなく、すでにしなびかけているようでもあり、近年の春はこんなものだとあきらめて陽気の改まるのを待ったが、葉桜になってもすっかり青葉になっても冷気は退かず、午前は陽が照っても午後から曇り、暮れ方から冷えて夜更けには重ね着をするという日が続いて、いつか五月に入った。

昔の凶作の年の、田植えの頃まで寒さが残り、そのまま梅雨に入り、夏には大雨、かと思えば一転して日照りの旱魃、そして秋には暴風雨、などという天の不順を想った。敗戦の年にも花の散った頃から梅雨のような天気になり、気温もあがらず、それが五月の深くまで、敵機の大挙して押し寄せてくる夜は除いて続き、この不順は三月の下町大空襲の無数の犠牲者の恨みが天に聞こえたかとつぶやく者もあり、五月も下旬に入り、私の住まう地域も焼き払われた未明の、その朝に煤煙のまだ立ちこめる中でようやく初夏らしい晴天を迎えて、罹災者にはさいわい一週間ばかり持った後、六月に入ると本格の梅雨となり、七月も末の、各地の中小都市も焼かれるまで、明けようとしなかった。八月十五日の後の炎天の、雲の峯などをつくづくと眺めた人が多々あったようだが、短い盛夏であったらしい。その秋も天気は不順で、不作の年となったと聞く。

冬が暖くて春になり冷えこむと、とかく疫病の流行を見る、と古い漢方では考えられていたようだ。暖冬にゆるんだ身体に春になり天の癘気が入りこんで、体内にひそむ毒と触れあって、悪疫となってあらわれる、ということだったか。体内にひそむ毒と言えば胎毒になるが、細菌のようなものではなく、父母なる男女の媾合の、性欲そのものの毒が、子に伝わって遺ったものであるらしい。この毒はいったんあらわれたのを治めたところで、生涯、子の内に潜伏し、さらに子から子へ受け継がれる。宗教のほうの原罪と似ているが、これはあくまでも医学の知見である。

疫病というものを感染伝染の事ではなく、天の癘気のもとで人に一斉に、重い軽いはあっても、あるいは表に出ない者はあっても、ひとしく起こる危機と、原理としては見ていたと考えられる。病人に人を近づけないこと、清浄につとめて悪臭も避けること、既往の者は大事に至らぬことなどは、長い体験からして心得ていたようだ。

――吾（われ）のいまだ中気を受けて以って生まれざる前、すなはち心は天に在りて、五行の運行を為せり。吾のすでに中気を受けて生まるる後、すなはち天は吾の心に在りて、五事の主宰を為せり。

漢文の訓みくだしである。おおよその意味は、わたしが中和の気を受けて生まれる以前は、心は天に在って、五行の運行のままであったのにひきかえ、わたしが中和の気を受けて生まれた後は、天は心の内に在って、五事をつかさどっている、というほどになるか。五行とは木、火、土、金、水の五大元素であり、互いに交代、木は火となり、火は土となり、土は金となり、金は水となり、循環しながら、天地の間をやまず運行しているものらしい。五事とは貌、言、視、聴、思の、五つの大切な事、いずれも慎しみを求めて、生きる人間の心得であるらしい。それと同じ大事になるのか、天体と季節と歳月の、正しい推移のことも言うらしい。

いずれ私の手には余る。中国は明の時代の、李挺という医学者の言葉だそうだ。この名も私の知識のはるか圏外にある。だいぶ以前に森鷗外の史伝の中から目について、三読してどうも自分の頭には大きすぎると通り過ぎかけたところで、なにがなし心残りがしたようで、書き留めておいた。その後、何年かに一度ずつ、手に取って読み返してみれば、いよいよ大きなものを口にふくまされたような苦しさを覚えて、生まれる以前に天に在ったかどうかは、生まれて来てしまった身には知れるところではなかろう、それは措くとしても、天が心の内にあるとは、いくら何でも、生きる者の心の寸法に合わない、と頭(かしら)を横に振って脇に置く。それにしても何と何との中和の気であるのか、まことの中和ならば、生まれて来る必要はあるのか、天にあって五行の運(めぐ)りのままに移っているとしたら、それはそもそも、「吾」だろうか、理をきわめようとすると言葉が撞着を来たすものなのか、と足萎えのような疑念がしばらく後を追う。そんなことを繰り返して年老いて行くものだ。

このたびまた、どうせ頭を振って止むことになるのだろうと読み返しにかかると、どう迷ったのか、中気を脳卒中と取り違えて、中気に会って生まれるとは凄まじき諧謔ではないかと驚いたのをきっかけに、しばらく留まった。中気とは中和の気であることはとうに辞典に当たって確めたはずだった。しかし何と何との出会いであり中和になるのか。天地の中和か、五行の中和か、陰陽の中和か。いずれにせよ、異なった気の相互の感応による絶え間もない波動が束の間、中正を得て静まる、そんな境が想われているようだ。そこで一個の「吾」が生まれる。せっかくの調和を乱すことになり、由なき事ではないのか。

男女の合歓のきわまったところで受胎に至るとすれば、これも中和の境のことになるか。父母の性欲の毒が子に伝わり遺るという次第とどう折り合わせる。それにまた、生まれた後には天が心の内に在って五事を主宰するとしたら、人の判断や行為に間違いはないはずである。病いも起こらないのではないか。そして何よりも、人が死ぬ時には、その心は天に受け容れられて五行の運行とひとつになるという、復(かえ)りがなくてはならない。

どうも、分不相応のことにいささか取っ組んだばかりに、腰は引けながら、言いつのるような沙汰になった。男女の交わりを言い立てることはないのだ。そんな肉体の存在を超えた修養の哲学と取るのが穏当のところのようである。肉体を超えてしまっては医術たり得るかとも思われるが、問診や脈取りや、病人の顔をじっくりと睨んで、体内の五行の乱れを感じ分け、それぞれ五行の要素のいずれかのまさる薬草の粉末を調合する、その微妙な匙加減によって体内の乱れを治めることに丈けているとするなら、実地を積んだ対症療法でもあるのだろう。

しかしもうひとつ推して見るに、天と相即するらしい「吾」も「心」も、個別の存在とは考えられていなかったのではないか。すべてをひとしく支配する天というものを考えるからには、その天のもとでは、人は集合体である。生まれては天は心に在って五事を主宰するという「楽天」は、これを裏返しにすれば、人に五事を失わせるのも天であり、人の体内にひとしくひそむ生まれついての毒を喚び起こして、疫病として蔓延させるという見方へ通じはしないか。

人の世の乱れを天の降す悪疫のごときものと見る傾きは古来ある。実際に、天変地異にとかく飢饉や疫病が伴った。それがまた戦乱を呼ぶ。この因果を逆転して、世の乱れが天変地異を招いたと感じれば、人の恐怖は一段とまさる。世間が燥ぎすぎたせいと悔まれれば、羞恥の念は恐怖をさらに大きく振れさせる。

天地人の間までわたりそうなところまで来てしまったようだ。哲学めいたものに愚かな私としては、いよいよ以って、似つかわしいことではない。引き返すのが賢明である。すべて、天候の不順に苦しむ身の繰り言にすぎない。十連休の最終日になる立夏の節もとうに過ぎて、五月の下旬にかかっても、気温のあがる日もあるにはあるが、暮れ方から夜にかけて冷気が結ぼおれるように感じられ、深夜ともなれば机に向かう背が、まるで早春の半端な寒む空のもとにあるかのように、もっさりと丸まる。

その間に、高齢者が車を暴走させて幼い子とその母親の命を奪った。ひきこもりと言われる中年の男が朝の登校中の子供たちの列に手当たり次第に包丁で切りつけて、犠牲者が出た。かと思えば、高年の父親がやはりひきこもりと言われる中年の息子を刺し殺した。そんな凄惨な事件に驚きながらいつか六月に入り、高年者による暴走の事故がさらに続く。

西南の諸島と、西国のところどころから、すでに大雨が伝えられる。

あれは花の蕾のふくらむ頃の暮れ方だったかと思っていたところが、数えてみれば、花もとうに散った四月も下旬にかかる頃のことだった。造作もなく日を送っているようでも、いつまでもゆるみきらぬ冷気に苦しむ老体の内には、日数の滞るところもあるらしい。

その日、人に招かれて、暮れ方から出かけることになった。私とは親子ほどの年の差の人たちだが長年の知り合いであり、ひさしぶりに私の顔を見たいということで、私の足の不自由なことにも気をつかって、私の住まうところからほど遠からぬ界隈の、蕎麦屋に席を設けてくれた。招くほうには遠路になる。

壮年の頃には私にとって暮れ方の散歩の圏内の、すこし先にあたる。家から歩いて行けないでもない距離だが、さすがに今は杖をつく身、先がやはり案じられ、車を拾って行くことにした。車なら十五分ほどで着く。それでも早目に家を出たが、空車がなかなか来ない。バスのほうが先に来たので、とりあえず最寄りの地下鉄の駅まで乗ることにした。駅前にはタクシーの乗り場がある。そこからはもう車で十分とかからぬはずだ。ところが、乗り場には長い列ができている。埒があきそうにもないので、いっそ地下鉄で都心のほうへ一駅だけ行くことにした。地下二階にあたるホームまではエスカレーターの世話になるので苦労はなかった。足の具合もよろしかったが、電車に乗りこむとたちまち、婦人に席を譲られた。人目には隠れもないものだと内心苦笑しながら、すなおに順(したが)った。

乗り過ごすこともなく一駅目で降りた。昔はときおり、都心のほうからもどって来て、めっきり春めいた暮れ方などに、最寄りよりひとつ手前になるこの駅で降りて、家まで気ままに遠道を歩いて帰ったものである。降りたホームの雰囲気はその昔と変わりもなかった。しかし乗ったエスカレーターがどこまでも昇るようで、地下のホームの深さは昔と同じはずなのに、近年馴れぬ引け時の人込みに息苦しくなったせいか、それとも昔はエスカレーターの列につくのももどかしく、階段を踏み昇ったものか、と訝るうちに地表に出て、とにかく安楽でありがたいことだと思った。

空は霞むように薄曇り、街は暮れかけていた。大通りに沿って、家へ向かうのと反対のほうへ、東のほうへ行けば、道に間違いはない。この先は歩いて行ったことはないが、家から店までの道のりの三分の二ほどのところまでは来ている。約束の時刻までまだゆとりはある。歩き出してしばらくは杖に頼っていたが、膝がほぐれると、杖を浮かせて前後に振ったほうが歩調は取りやすい。昔の散歩の気分になった。そのままだいぶの距離を来てから、ふっと立ち停まった。そろそろ店の目標の、国道との交差点に近づいてもよさそうなのに、前方にそれらしい賑わいの雰囲気も見えない。道はかえって人のすくないほうへ行くようである。眉をひそめてあたりを見渡すと、大通りをはさんで向こう岸から、右手へ切れこむ裏通りがあり、ゆるい弧を描いてやがてまっすぐに、どうやら北のほうへ分け入って行く。その曲がり目のそこかしこに、濃い見覚えの翳がふくらんだ。家へ帰る道ではないか。店とは正反対の方角へ来ていた。

　考えて見れば、今日は上りの電車で来たことは承知していながら、上りのホームに降りたとたんに、東西をすでに取っ違えていたようだ。若い頃に出た降り口と、道路を隔てて反対側の口に出たことも知らず、昔の習いによって東西を定めて歩き出したものらしい。

横断歩道を渡り、向きを変えて歩き出すと、あたりが急にたそがれてきた。間違いは間違いとして、しかしいくら一様に霞んで暮れて行く空でも東と西とではおのずと明るさが違うだろうに、空を見あげもしなかったのか。いまどきの都会育ちの子供に東はどっちかとたずねると、わかんないと言う。日の昇るほうと教えても、わかんないと言う。西は日の沈むほうとついでに教えても、わかんないと言う。そんな話を聞いたことがあるけれど、子供のことを笑えない。暮れ方に道に迷って虚(うつ)けた者は放っておくとひとりでに西へ西へ向かうという話も聞いた。これは笑えないところがある。遠い話を引き寄せてしきりに呆れながら、約束の時刻をまわっているのに、一向にあせりもしない。急ごうにもどうせ足が言うことを聞かない。つまずいて転ばぬよう一歩ずつ踏みしめていると、いよいよ気楽な漫歩のようでもあり、心配して待っていてくれるかもしれない人たちに気がひける。こんな時に携帯を持っていたら便利だろうが、なまじ連絡がつけば、迎えに走るという面倒をかけることになりそうで、かえってあせるように思われた。

それにしても、店とは正反対のほうへ歩いていたその間、間違いにうっすらとも勘づいていなかったのだろうか。そうでもなかったようだ。疑いが湧きかかるそのたびに、確信が押し返した。地下鉄の駅から店へ行く道は、今までに歩いたことがない。地下鉄の駅から家に帰る時にはもっぱら大通りの北側をたどった。店への道も大通りの南側の道も、どちらも知らぬ道なのに、疑いを追っ駆けて確信がまさる時、あるはずもない既知感に、まるで正しい道をたどっている証かしのように導かれていたようだ。正しいという感覚はなかなかの曲物だ。年のせいの昏迷もあるだろうが、しかし若い頃から、間違った道をわざとのようにずんずんと遠くまで来てしまったそのあげく、呆然として立ちつくすことが、くりかえしあったように思われる。

出発点の地下鉄の駅まで大通りの北側からたどり着いて、なるほどここで東西が狂ったかと南側を眺めやって通り過ぎた頃には、街は暮れていた。ここからはまったく知らぬ道なのでかえって欺かれることもないと息をついたが前方の、東にあたるはずの空の一劃がわずかに白く暮れ残っている。西から返して来て、一本道であるのに、また西へ向かっているとすれば、それこそ惑わしの神の呪縛だ、と疑念をもてあそんで行くうちに、神社の前に通りかかった。ここは見覚えもなく、初めて来るところだ。杖を停めて眺めると、コンクリートの鳥居が白々と浮かんで、あたりはすっかり暗くなっていた。

あとは夜道の旅となった。行くほどに先が遠く感じられ、まさに長旅の末の心である。日が暮れて草臥れた荷役の者は眠りながらも足を運ぶという。国道の上を走る高速道路の高架らしき影はまだ見えて来ない。宵の口なので人通りは絶えないが、ひとりひとりてんでに帰路を急ぐので、街の賑わいとしてひとつにまとまろうとしない。開いているストアーも内の賑わいを外へひろげない。

そのうちに何屋だか小体な店の前で後片づけにかかる老女を目にして、間違いようもないはずだがとにかく方角を確めるために、国道へ出る道をたずねると、老女は腰を伸ばして私の行く手を指差し、ほれ、あそこにいま、車が来るでしょう、あの先を行ってすぐですよと教える。ついでに、国道からのバスの便まで親切に教えてくれたところでは、私のことを行き暮れた年寄りと見たらしい。そうには違いない。

丁寧に礼をのべてまた歩き出し、いま車の来るところのすぐ先とは、何だか落語のほうの、店先で猫のまるまって眠っている煙草屋な、あすこを折れて、という道の教え方に似ているな、と首をかしげながら、人に方角を確認されたことにやはり安心して、方角を見定めるというのもひとりではなかなか頼りないものだといまさら感じ入り、さらに気長になって、交差点の一向に見えて来ないのもかまわず行くうちに、すぐ目の先に高速道路の架っているのを見あげた。交差点の左手の角に紛れもなくその店はあり、やはり心配した若い人が店の前に立っていてくれた。途中から腕時計を見なくなっていたが、約束の時刻に半時間あまり遅れていた。家を出てから一時間半ほどもほっつきまわっていたようだった。

店の内に入って表通りの騒音から隔てられると、耳がやや遠くなったように感じられた。近年、そんな癖がある。昔、年寄りが表から帰って来るとしばらく間の合わぬような応け答えをしていたのが思い出された。静かさに聾せられるということはあるものらしい。

あるいはお互いに長い歳月を通して話していたせいだろうか。二十何年来の知り合いでも、ここ十年ばかりは、ほとんど顔を合わせていない。私にとっては子にもあたる世代だが今は中年に深く入り、聞くところでは、人並み以上の苦労を積んでいるようだ。声は青年の頃と変わりがない。しかし話すうち、歳月の重さをふくんでいるのが聞こえた。昔と今とを往復しているようでもある。年寄りには聞きやすい。私の応け答えも、歳月の隔たりのような聾啞感にうっすらとまつわられながら、声によほど張りがあるようだった。

おかげで酒もすすんで、後の蕎麦もうまくて、道に迷った末に寛いだ時間に恵まれ、夜のあまり更けぬうちに店の前から車を拾ってもらって、若い人たちに見送られて帰ることになった。車は暗い道から暗い道に入り、家のほうへ向かっているのなら行くにつれて知った角々に出会うはずなのに見覚えが湧かず、方角も怪しくなった頃に、家のすぐ近くに出た。降りて時計を見れば十分ほどしかかかっていない。

後日、招いてくれた人のひとりが電話をかけてきて、昔と変わりがなかった、と私の去った後で皆が話していたと伝えた。電話を置いてから、それはそうだろう、昔の面影となりかけた客がそこにいたのだから、と戯れに思った。考えてみれば、いや、考えてみなくても、私は若い人たちにとって、また会えるかどうかの人間である。

家の南おもての桜の樹の、枝が一本ぐったりと垂れさがっているのを、陽も高くなってから起き出して目にした。高曇りの、風もない日のことだった。

大枝から分かれて西のほうへ長く伸びていた枝らしい。南北二棟の十一階建ての集合住宅にはさまれた中庭のことなので、冬場の北西の風の時には、西から吹き込む風が走る。東の風下のほうへ伸びた枝は風のまにまに低く流れるが、西へ伸びた枝は風にあおられあおられ、そうして大枝から幹にかかる風圧を出し抜いているようであり、左右のつりあいにも絶妙なところがあるようだが、しかし大枝から小枝の分かれる瘤状にふくらんだ節目にはさぞや歪(ひず)みが、疲れが溜まることだろうな、どうやって回復するのだろうか、と長年しばしば眺めやった。しかしここのところ、初夏も深くなり、西風の走ることはすくない。昨夜も、夜半にかけて風の烈しくなった音を耳にしていない。あるいは夜明けに突風が吹いたか。
牡丹切て気のおとろひし夕かな、とこれは蕪村の句だが、こちらにはそんな風雅の趣きはない。気の衰えなら三日置きぐらいにやって来る。しかしもしこの枝折れが冬枯れの頃に起こっていたとしたら、どんな心で眺めたことか。今でこそ初夏の葉の繁りに隠されているが、折れ口の凄惨さが剝き出しに、血を流すように見えたことだろう。樹の全体にも、大枝から幹まで、激痛のなごりの、目には見えぬ慄えがこもっていたか。あるいは吹きつける風の絶え間の、わずかな静まりの中で、折れるばかりになった枝はひとりでに折れたのかもしれない。

その宵から、歯茎が痛み出した。夕飯の時にはいくらも食べぬうちに物を嚙む苦しさに堪えられなくなった。手鏡で顔をのぞくと下唇の右端が腫れている。もうひとつ腫れがまされば面相が変わりそうだった。ここまで歯ブラシで悪い血を出してしのいできたが、粥しか食べられないようでは、明日を待って歯科医に行かなくてはならない。

三十歳になったばかりの晩秋の、時雨のような雨の降る日に、いきなり歯がひどく痛み出し、勤め先の近くの歯科医に飛び込んだところが、応急の手当てを済ませた後で、老化のあらわれです、と言われたのが始まりだった。あれは虫歯だったが、四十代のなかばから、三年に一度ほど、歯茎を腫らして歯科医に通うようになった。あなたの歯は琺瑯質の固い、良い歯なのだが、なにぶん歯圧が、噛み締める力が強くて、歯の頭が磨り減るばかりでなく、歯の根にも力がかかって、歯茎を傷めやすい、と医者に言われた。顎は張っているが、眠っていて歯軋りするとは家の者から聞いたことがない。あるいは幼年の頃の大空襲の夜に、頭上から敵弾が空気を裂いて迫るその刻々を、防空壕の底で顔を伏せ息を詰め、歯を喰いしばってこらえた、その後遺がわずかずつ今に及んで、さほど辛抱強くもなく緊張を出し抜き出し抜きやってきたはずなのに、事がいささかむずかしいところへ差しかかるたびに、知らずに歯を喰いしばっていたか。それなら是非もないところだがこの先、老いるにつれて歯一本ずつ抜かれて行くあげくには、牙を失った肉食獣のように、ひとり群れを離れて、小さな獲物で飢えをしのぐうちにその力も尽き、草むらに伏して、来るべきものを待つことになるか。いや、そんなに従容とは行くまい。末期を迎えては、人間は野生の動物よりも、だいぶ品格が劣るようだ、と中年の男が考えたものだ。

　夜半にも歯茎から悪い血を押し出しておいたので翌朝はだいぶ楽になっていたが、腫れはまだ引き切らず、いつまたぶりかえすとも知れず、そのまた翌日には町の病院が一斉に休みになるので、さっそく出かけることにして、さて、どこへ行ったものか迷った。かれこれ三十年来の行きつけの歯科医は私と同年配の医師の営むところで、つい昨年のことだったか、大過なく閉院に至りましたとの通知が届いている。私のほうもここ久しく、ほかの病いに紛れて、歯に苦しむ暇(いとま)もなかったようだ。家のすぐ近く、歩いて三分ほどのところにある歯科医は、日頃通りがかりにのぞくと二階へあがる階段がかなり急で、今の私の足ではこころもとなく思われた。あちらこちらを考えた末に、歩いて十五分ほどのところにある病院へ、階段をあがらなくてもよいので、行くことにした。

　大通りに沿って、今の足でも二十分もかければ着くと見て歩き出した。ところが五分と行かぬうちに足取りがあやしくなり、膝に力が入らない。昨夜は白粥しか腹にしていない。これでは道の先が案じられて立ち停まり、家のすぐ近くの病院まで引き返すにかぎる、急な階段もよくよく注意すれば済むことだと思いなおしながら、足がひとりでにまっすぐ前へ踏み出した。なまじ身をめぐらせば良いことにならぬように怖れたらしい。そのまましばらく行って、また立ち停まって思案した時には、引き返す道も遠くなっていた。

行く道が定まっても、まだ迷うような心が残る。内に迷いがあれば、道に迷ったような気になる。疑惑が起こりかけると、確信が押っかぶせて来る。確信に安んじると、疑惑がまた動く。これではもうひと月半も前の、旧知に招かれた客の、行ったり来たりの続きではないか。あれはまだしも黄昏の道、薄暮につつまれて夢のような心地がしないでもなかったが、これは白昼の道、おかしな惑いである。そう呆れるうちに目当ての病院に着き、扉を押して入ると、狭い待合室に何人も先客があり、窓口でたずねれば、予約なしだと一時間あまりも待つと言う。ほんのしばらく考えてから、外へ出て来た。

やはり徒労だったな、徒労になるとは道々感じていたようだ、となにかほっとしてまた歩き出した。通院はどうせ一度では済まないのに、なんでわざわざ遠いほうの病院へ向かったのか、といまさら首をかしげた。とにかく家のすぐ近くの病院までもどって、急な階段を昇って中をのぞくことにした。そこも立て込んでいても、午後から出なおしてくれればよい。歯茎の疼きはさしあたりおさまっている。もう五十年あまりも住みついて方角の取り違えようもないのに、あたりを慎重らしく見渡してから横断歩道をしっかりと渡った。

生まれる前にわれわれは天の内に在って五行の運行のままであった、生まれた後は天は心の内に在って五事を支配する、とそんなことをそんなところで思った。五事のうち、貌と言は措くとして、視と聴と思と、視ることと聴くことと思うことを、内なる天が導いてくれるとしたら、人は道に迷うようなことがあるものだろうか。山の中で道に迷った時には勘を澄ませ、すなおな感受に順って行けば、出るべきところに出る、と言った人もある。深い霧の立ちこめる雪の原をまっすぐに歩きに歩いた末に、見たようなところへ出たと思ったら、もとの地点にもどっていたという話も聞く。そこで我に返り、あたりを見渡して正しい道を見分け、無事に帰還した人なら、惑って引き返せなくなった足をやがて天が導いて、ひとまわりさせてもとのところへ連れもどした、と思いなすこともできるだろう。しかしもとのところへ連れもどされて絶望のあまり、あるいは危いところで惑いを覚まされた安堵のあまり、気力が尽きて、霧の底に倒れ伏した人もあるはずだ。

霧の底を思い浮かべながら正午に近い初夏の晴天の道を、つぎつぎに足萎えを抜いて行く人の背を見送り見送り、病院にたどり着き、急な階段を一歩ずつ踏み締めて昇りきり、窓口でたずねると、午前中は間に合わないが午後の四時の予約を取れば待たずに診察を受けられると言われ、午前の旅も思いのほか好都合に終ったと得心して、階段の下りにはいっそう注意を払って家に帰った。

暮れ方にあらためて出向くとすぐに診察室に呼ばれ、右の犬歯の根が顎の骨から浮いてしまって、前後左右に振れるたびに歯茎にあたると診断され、来週にその歯を抜くことになった。抜いても差し障りはありませんと言われて、多少の哀感は覚えさせられた。翌週の午前中に、その歯はあっさりと抜かれた。舌を動かして口内を探っても、在ったものが無くなったという感触もない。

家にもどり、拍子抜けした気持で南おもての椅子に腰をおろして桜の樹へ目をあずけ、折れて垂れさがった枝がその間に枯れもせず、いくらかしなびてはいるが葉を繁らせているようなのを、あれは折れ口でまだ皮一枚ほど大枝につながっているのだろうなと眺めやり、その目をやや凝らすと、折れ枝はいつのまにか、さっぱりと降ろされていた。
樹木全体は何事もなかった様子で、左右の平衡を自明のように保って、立ち静まっている。

戦争が終って空襲が絶えた後、思春期に大病で死の際まで行ったほかは、かくも長き歳月をまずは安穏に送って来た、と自分では思っている。それにもかかわらず、われもまたアルカディアにありき、わたしも昔はアルカディアの楽土にいた者である、と古代ギリシャの石棺に刻まれていたという言葉を思うと、戦慄がかすかに走る。空襲の夜の刻々の恐怖、大病の床の刻々の苦悶の中では、恐怖も苦悶もない平生日常が、取り返しもつかぬ遠方へ失われた楽土に思われた。しかしその後は、かつては楽土にいたというような恨みを遺すほどの苦難の生涯だったとは、世の人に比べても、とても言えない。我なりに安穏に過ごして来たことを悪びれるところがある。

その私もかつて、危いところを渡ったことがある。空襲の夜ではない。病中のことでもない。比喩でもない。実際にこの足で、息をひそめて渡った。ものの数分、あるいは一分ほどの間だったかもしれない。一分でも長い時には長い。

山道のすぐ左手に、雨を集めた灰色の濁流が逆巻いて走っている。そこへ右手から山林の崩れた跡があり、崩れてまもないようで、いまにもまた滑り出しそうな土砂が道をすっかり塞いで、濁流に洗われるところまで押し出していた。その中途には倒木が根を撥ねあげて横たわっている。

乳頭山とも呼ばれ、遠くから望めば女人の乳房の形に見える峯をひとりで越して来た。二十五の歳の八月の、旧盆も過ぎた頃になる。山の旅はひとりを好むようになっていた。炎天下を北から南へ縦走して、三日目の暮れ方から雨になった。その夜はその山の中腹にある無人小屋に泊まり、雨の叩く音を耳にして眠った。翌朝は雨が静まって深い霧の立ちこめる中、自分の足音と息づかいばかりに伴われて登り、頂上にたどりついて、もうひとつ南の峯まで足を伸ばすつもりだったが、雨脚が繁くなったようなので、まっすぐ下山することにした。

惰性にまかせてだいぶくだった頃に、背後の峯のほうで陰にこもった雷鳴がした。雨がひときわ強くなり、足をさらに急がせた。ようやく谷間(たにあい)に降りてひと息ついたが、そこからがまた長い、沢に沿って何処までも続く道になった。若い脚でも三時間ほどもかかっただろうか、山靴を引き摺るようになった頃、いつか雨はあがり、道の雰囲気もやや変わり、人里に近くなったように感じられたところで、道を塞ぐ土砂崩れの跡に出会った。

傾く土砂の裾を嚙んで走る濁流へしばし目をやりはしたが、思案というほどのものもしなかったように、今からは思われる。来た道を引き返して山をむこうへ越すなどということは、論外だった。途方に暮れたような覚えもない。やがて左足を土砂に踏みこんで、濡れた土砂の締まり具合いを確めてから右足をそろそろと寄せ、崩れの上に立った。そのまま濁流を背にして蟹の横這いに、ただ山側へ体を傾け過ぎると足もとから土砂の崩れを誘うことになりそうで、腰をできるかぎりまっすぐに立て、左へ踏みこんでは右から寄せ、倒木のところまで来て立ち停まった時、初めて背に濁流の音の迫るのを感じた。それでもあせりもせず、倒木の本から末まで見渡し、なかば土砂に埋もれた幹の中ほどに手を掛けて揺すって見てからゆっくりと跨ぎ越し、あらためて腰を伸ばして横這いを続け、もうすぐ先で土砂の尽きるのが見えたところで、背後からの濁流がさらに甲高く叫ぶように聞こえて、人道へ向かって一気に駆け降りた。

　ちらりと振り返っただけで先を急いだようだった。そこからもう遠くはないはずの、雫石（しずくいし）という名の支線の駅の、列車の時刻を気にかけていた。さびしい駅で一時間も待たされてはかなわない。しばらく行って木の橋を渡り、濁流を向こう岸へ越すと、道は村道らしくなり、足は楽になったかわりに背中の荷物が重く感じられ、雨もよいのままの空からあたりは暮れかけた。昔の宿場らしい面影を残す町に入って来た時には、橋からここまでだいぶ時間がかかったようで、家並みの灯が細く道に洩れ、夜になっていた。

　そこを抜けて、まもなく駅舎に出るものと思って行くうちに、また暗い道を歩いていた。もしや駅前へ折れる角を見過ごして野中のほうへ向かっているのではないか、それにしてもおかしなことだ、とあたりを見まわしかけると背後から車が近づいてそばに停まり、小型トラックの運転席から、年寄りらしい顔が声を掛けてきた。

盛岡まで行くなら乗らないか、上りはさっき出たところだと誘う。渡りに舟で乗りこむと、夜道をひとりで運転しているとつい眠りそうでなと言って車を出した男は、外からは年寄りに見えたが、初老というほどの年だった。こんな日の暮れから街まで急いで往復させられるなんてことは、以前にはなかったな、とつぶやいたのを始めとしてひっきりなしに、道に注意を凝らしているせいか声はひそめるようにして、訛りが強くて初めは聞き取りにくかったがこちらの耳が馴れてきたところでは、近頃の土地の、生活の変わりようを縷々と、しかし相手構わず訴えているようだった。そうかと思えば、土地が年々、時代から置き残されて行くようなことをまたひとしきりこぼす。先のことがわかって暮らす者などあるものか、そのくせ目先のことばかり考える、と言った。ふっと覚めたようなその声がこちらの耳についた。窓の外へ目をやれば、暗い野の遠くに点々とつらなる灯がゆっくりと後へ流れる。

そのまた彼方に、さらにまばらな灯がさらにゆっくりと、逆の方へ、車の進行方向へついてくるように見える。声が絶えたら、話すほうも聞くほうも、眠りへ惹きこまれそうに感じられた。

これも長い道を走った末に市街に入ると、男は駅の前まで車をまわしてくれて、お陰で眠らずに助かった、と言って私を降ろした。こちらこそ助かりました、気をつけてお帰りください、とあわてて礼を返すと、帰りにはまた人を拾って行くよと笑う。その顔が私にはなにやら尊く見えて、思わず姿勢を正して頭を深くさげ、立ち去る車を見えなくなるまで送った。それから駅の構内に入り、上りの急行の時刻を確めてから、駅前の一膳飯屋のような構えの店に入った。

丼物をあつらえた。何日かぶりにありついたまともな飯を掻き込むうちにようやく、道を塞ぐ土砂崩れの前に立った時のことを振り返った。あそこで来た道を引き返すことは、日も暮れかけ、山の上で雷が鳴っていたことでもあり、思いも寄らなかったとしても、土砂崩れの手前から山林へ登って、崩れの先をまわりこむという手はあった。しかしよたよたと登ってくだるその間にはどこでどう、足もとから土砂が滑り出すか、知れたものではない。そんなことを言訳がましくつぶやいていると、初めの一歩を踏みこんだ時の、土砂にもぐりこんだ山靴のすぐまわりに、水のじわじわと滲み出た、その感触が甦り、腰掛ごと持って行かれそうな気がして、飯をさらにがつがつと掻き込んだ。

夜行列車に落着いて、腹のまたすかないうちに寝てしまおうと目をつぶり、まもなく眠りこんだ。固い座席に苦しむでもなく昏々と眠って、目を覚ますと夜は明けはなたれて、荒川の鉄橋にかかるところだった。睡気にまつわられたまま赤羽の駅に降り、早出の人でちらほらの電車に乗り、わずか四、五日の間でも、山から出て来ると、女の人が美しく見えるものだと感心しながら家に帰って来た。それきり、危い所を渡ったことも忘れた。長年、思い出すこともなかった。

それから二十年も過ぎて四十代に深く入り、若い人に伴われて同じ山域の、背筋にあたる尾根へ、縦走はもう無理としても、取っつきまで登ることになった。車中から桐の花の見える初夏のことだったが、谷からひとしきり登ると針葉樹林の間に、山では寒気が遅くまで残ったようで、雪田と呼ばれる残雪の溜まりが行く手につぎつぎにあらわれるようになった。雪田の向こう岸の道の続きが紛らわしい。曇天の下、霧も立ちこめてきた。道を見分けるのに無念無想のようになり、いつか若い人の先に立って行く私がいた。

ようやく樹林帯を抜けて、尾根まで雪の斜面の見渡せるところまで来てひと息入れた時、尾根のほうから鳥の、太い喉を裂くような叫びが立った。ひと声だけで、影も見えず、飛び去ったようだった。まもなく尾根の上にたどり着き、すぐ先に見える無人小屋に向かって、ここまで来て道をはずしたようで、雪をかぶった熊笹を突っ切って行くうちに、踏みつけた笹が弾力をこめて衝き返し、波打つように感じられ、あたりの岳樺(だけかんば)の枯枝が風もないのに甲高く鳴って、尾根の向こうの深い谷に沿ってヒョウと、口笛のような音が走った。同行二人して顔を見合わせたが、音はすぐにおさまり、何事ともつかなかった。

じつは秋田沖に強い地震の起った、その時刻のことだった。その尾根は秋田と岩手との県境いになる。日本海岸では家屋の倒壊もあった。浜辺に遠足で来ていた子供たちが何人も津波にさらわれた。岩手側の温泉場にもどってそのことを知らされ、そんな異変にそうも遠くないところから居合わせていたことに驚くと同時に、ここまで降る道が登った時と、同じ道なのに雰囲気がまるで違って感じられていたことをあやしんだ。しかし二十何年か昔の、濁流へ傾ぐ土砂の上を渡った時のことは、同じ山域でも尾根と谷を幾筋も隔てているせいか、思い出しもしなかった。

老年に入り足腰もままならなくなってからは追々、寝覚めの際などに思い出すようになった。なにぶん遠い昔の、青年の頃のことであり、この先もどの道、長いことはないようなので、思うだけでも足のすくむというようなことはない。もしもあの時、足もとから土砂が滑り出して、もろともに濁流の中へ押しやられていたなら、あの激しい流れのことだからどこまでも運ばれ、やがて北上川の本流に入り、さらに南へ、平泉から一関も過ぎて、石巻の川口でしばし淀んでから海へ、はるかに漂ったのだろうか、と楽天のようなことを思っては、そう言えば、あの大津波にもろに襲われた石巻という土地にも昔、行ったことがあるのだ、ホヤというものを初めて食べた、とあらぬ方へ逸らされる。

それにしてもよくも忘れて来たものだ、と遅れて呆れる。しかしあんなわずかな間の事は、危機一髪の境であったかも知れないが、とにかく無事に免れて来たのだから、後髪を引かれるとか、変なものに背からつきまとわれぬためにも、まともに振り向きもせず先を急ぐに越したことはない。これまでほかにも幾度か、似たような危所を天にまかせて渡り、後ですっかり忘れているのかも知れない。前のめりの早足の人生だったか。

山中、たったひとりのことだったので、忘れることもできたのだろう、とも考える。同行者がいたなら、無事に渡ったところで二人して振り返り、物こそ言わなくても、顔を見合わせたはずだ。後日、ほかの人たちにも、じつはこんなことがあった、と声をひそめて話していたことだろう。しかしそれで紛れて散って、人と人との間の話のようにしか遺らなかったかも知れない。

今はとうに故人となった親兄弟のことをようやく思った。もしも私が行方知れずのままに終っていたとしたら、それぞれに生涯、何かに誘われてひとり黙って暗い山の中へ分け入って行く若い背を折りにつけ見て、遺すことになったか。

あの子は前からふっと何処かへ行ってしまいそうなところがあった、息もせずに生まれて来た、戦災を免れた夏には年寄りみたいな子になっていた、病院で夜昼苦痛をこらえた末に妙に静かになった、とたどり返すうちに、とうに亡くなった縁者と、まだ生きていて寝床の中から物を思う私と、死者と生者とが入れ代わったかのようなのに驚いた。

雨あがりの出立

長い梅雨となった。六月の初めに梅雨入りが伝えられてから、さほど雨が降りつのるわけでもないが、おおむね雨もよいの空が続いて、七月の下旬に入っても梅雨は明けようともしない。気温もあがらず、湿気がひたすら重い。昔の住まいなら台所の床（ゆか）やら、たまに開ける押入れの奥やらから、黴の臭いが漂ってくるところだ。年寄りの立居が苦しげに見えた。今の我身から思いあわせるに、あれは立居のたびに湿気に感じて、腰に疼きの影が動いたものらしい。膝にもおもむろにしか力が入らない。

手にも指にも、疼くわけではないが、末端の血のめぐりが滞りがちになるようで、もうひとつ感覚が鈍く、力がしっくりとこもらない。それでどうかすると、摑んだつもりの物を取り落とす。机に向かって仕事にかかれば、書く文字が人に読ませるのも気が引けるほどに崩れ乱れる。そこは年齢に免じて許してもらうことにしても、筆の運びが遅くなると、書きながらよけいな間が入るせいだか、自身の書きつけたばかりの文字を眺めて、当用漢字の類いでも、見れば見るほど見馴れぬ物に映り、正しくはどういう字劃でどういう意味であったか、記憶をたどるようにする。たいていは正しく書かれているのを自分であやしんでいるのだが、ときおりは奇っ怪な、誤字どころか、およそ恣意の造り文字になっている。思わず苦笑して、頓狂な錯誤を自分で面白がりもするのだが、長年親んだ約束事に、そして意味というものに、年々わずかずつ、穏やかに去られて行くようで、心細くもなる。

やがて息をついて、表は雨になったのやら、たそがれめいた窓へ目をやり、文字どころか昨日今日の分き目もつかなくなりそうな自身を思い、ここで手を放してしまえばそれまでか、と眉を曇らせながらそれはそれで折り合っている。このところ足の運びがさらにたどたどしく、よろめきがちになっているのは歩いていてわかることだが、じつは手こそ、何でもない物を取ろうとするたびにわなわなと、宙を探るように、宙に縋るように、差し伸べられているのではないかと、いつのまにかすっかり痩せさらばえて部屋の隅にうずくまる影をうながして、物を取りに立ちあがらせてみた。

次兄が亡くなった。梅雨入りの伝えられてからひと月ほど後の、雨の降ったり止んだりの日曜日の、午後の四時過ぎのことだった。嫂から報らされたのはその翌々日、私自身が行きつけの病院から、先日の検査で良くない影が出たのでまた入院を申し渡され、いまさら気落ちするでもなく帰って来た、その晩のことになる。後(のち)の事はすべて嫂と甥と、二人きりで済ませて、お骨はもう家に帰っていた。苦痛をやわらげる投薬を受けていて、最期はやすらかだったという。

次兄は私より二つ年長で、この八月に八十四になるところだった。これで一家六人、私を余してすべて故人となった。まず今から五十年近く前に母親が六十過ぎで亡くなり、およその十年後に父親が八十の手前で逝き、その五年後には姉が、また四年後には長兄が、それぞれまだ五十代で亡くなり、それから三十年近く、二男と三男が生き残ったことになる。長兄と次兄のところはどちらもひとり息子で、娘というものがない。私のところは娘がふたりで、息子というものがない。姉は子がなかった。

梅雨の日曜日の暮れかかる時刻の、病室が目に浮かんだ。休日は医師の回診もなく、昔は見舞いの客で院内は平日よりも賑やかだったが、近年では世相の表われか、家族の訪れもめっきりすくなくなったようで、廊下も閑散としている。病人を見守っていた嫂と甥も、病人の息の絶えた後、院内の静かさをあらためて感じさせられ、日曜には世の中の業務があらかた停まっているように思われて、さしあたりどうしたものか、途方に暮れたのではないか。その心細さを思いながら、私の目に浮かぶ病室にはやがて嫂の姿も甥の姿もなくなり、ベッドがただ白い。誰もいないままに刻々と暮れていく。病人はとうに集中治療室のほうに移されていたに違いない。あるいは病室は病室でも、二十日ほど後には私を待っているはずの部屋か。いつもの例だと月曜に入って、火曜に手術を受け、金曜には出てくる予定だが、今度は次の週まで留められて、病院の休日をつくづく過ごすことになるのかもしれない。

肉親の死のことは、死者も生者もともに深く老齢に入っていれば、思うのも詮ないことであり、身体のほうが物を言わずに知っている。なまじ思えば死者を煩わせることになりかねない。いつかどこかで聞いた言葉である。死者が生者に煩わされるものかどうかは知らないが、生き残った者の内でも、同じ老齢の肉親にひと足先を越されれば、時間がしばし結滞を来たす。時間の流れに運ばれなければ、過去もまっすぐには出て来ない。いまさら屈曲させて故人のことを思うのも、ここまで来た年寄りにはふさわしいことでない。物も思えぬこの今にいっそ寛ぐという境地もあることだろう。同年の近親を送る通夜の席でただにこやかにしていた老人の姿が思い出された。

次兄のことを報らされたその何日か後の、ひさしぶりの梅雨間の陽の降りそそぐ午前の散歩の帰りに、南北二棟の集合住宅にはさまれた中庭のほうへふっと寄る気になり、正午までにすこし間があるので小さな藤棚の陰のベンチに腰をおろし、この先はどうなるか知れないがとにかく今日も暮れ方までに仕事をすこしでも押しておくことになるのかと溜息をつくうちに、羽のような葉を繁らせた藤の蔓がかすかに揺れたかと思うと、ひと息ふた息遅れて、涼風が肌を撫ぜて通る。つれて棚から細かい木洩れ日のちらちらと動く地面に目をやれば、長い梅雨のせいか、青い苔がしっとりと敷き詰めている。駐車場が並んで、自転車置き場もあり、当世殺風景な周囲だが、ところどころに育った樹がにわかに夏木立ちらしい姿を見せる。こんな心地の良い所がすぐ近間にあったのかと清涼な風に身をまかせていると、一時間ほどの散歩なのに、ここまでだいぶの道をたどってきたような、睡気が差してきた。

私の生まれた家に藤棚のようなものが、あった気がする。紫の花房の垂れた覚えもないので、藤棚ではなかったようだ。まだ果実もならぬ葡萄棚だったか。縁側の片端から小さな池のほうへ突き出して造られた粗末な台ほどのものの上を覆っていた。本土に戦争の迫った頃にはとうに台ごと取り壊されたか、跡形もなかった。もともと、そんなものはなかったのかもしれない。

その棚についての私の記憶、あるいは擬記憶も、一場のものでしかない。夏休み中の正午前のことと思われる。棚の下に子供が二人、次兄と私がぺったりと尻をついて坐りこんでいる。空腹のあまり身の置きどころもなく、ただ昼食を待っている。

そこへ廊下から母親の声がかかった。まるでお乞食さんの子供じゃないの、と眉をひそめる声だった。その声に二人してぼんやり首を伸べて振り向くと、木洩れ日の中、どちらからともなく汗と垢の臭いが立った。

しかし食料をはじめとして日用の物に事欠いて洗濯も風呂もままにならなくなった頃には、長兄も次兄も母親の里に預けられて、家にはいなかったはずである。棚のあるなしは問わずとしても、次兄と私とが夏の正午前に空腹のあまり乞食の子みたいに坐りこんでいたとは考えにくい。家は敗戦の年の五月下旬の未明に、空襲で失われた。生まれ育った家というものは自身の肉体のようなところがあり、その炎上を目の前にしたのとしなかったのとで、後々まで物の感じ方が微妙に違ってくる。それが血を分けた兄弟の間でも、生き方の隔たりとなる。

これは二人とも、まるで浮浪児だわね、と言われたのは確かな記憶である。戦争が終り、一家が東京に戻って来た頃になる。やはり真夏の袖なしの肌着によれよれの半ズボン姿の次兄と私とが、誰が撮ってくれたのか、並んで映っている写真を、姉が手に取って、からかうでもなく、物思わしげに洩らした言葉だった。その写真なら今でも、私の机のひきだしの奥にしまわれている。取り出してみればなるほど、二人とも手足は痩せこけ、首も細って頭ばかりが大きく、頬は削げて顎が張り出し、ためこんだ垢が臭ってきそうに見える。当時、焼け出され者の家の子はこんなものだった。粗食は女の子よりも男の子のほうがこたえるとも言われた。次兄は普通の男の子並みの丸坊主の頭をして、カメラのシャッターの降りる瞬間、まともから照らす陽をまぶしがって、ついまばたきをしたようで、日頃はよく物に気がつくほうなのに、半眼の痴呆めいた顔に映っている。私のほうはこの頭では床屋にやっても仕方がないと親が見たようで、縮れっ毛を手つかずに伸ばして、落ち窪んだ眼に眉をひそめ、子供のくせに世に倦んだような顔をしている。

次兄はきさくな性質(たち)で人の世話をよく見たが、気に染まぬ用に出向くその間際になってなにやかにやと愚図る癖があり、親を手古摺らせた。私よりも神経質なところがあった。中年に入っては、肉親の老病死にかかわるところにはとかく寄りつかなかった。病院で寝たきりになった父親は次男が一向に見舞いに来ないことを憤っていた。一度足を向けそこなうとずるずるになるのだろうな、と私は聞き流して、老父の髭をあたっていた。その私のほうも、五日に一度ほどずつ午前中に病院へ足を運んで、むやみに伸びる病人の剛(こわ)い髭を半時間もかけて剃りあげて、正午前にはそそくさと帰るということのほかは、何をするでもなかった。

それより十年前、春先の驟雨の通り過ぎた頃に母親が息を引き取った夜、親の住まいはよりによって引っ越しの最中だったので、遺体は病院の霊安室になる蒼然とした小屋に寝かされ、次兄はその小屋を出たり入ったり、細かな世話を焼いていたが、夜半前に老父に姉を伴わせて帰らせたのにまぎれて、いなくなった。もっとも未明には長兄も、まだ始発の電車にはよほど間のある時刻に、朝早くからまた引っ越しにかかるのでと言って帰った。後に残されて、ひとりで死者の夜伽ぎとは何を見こまれたのか、と呆れはしたがあやしむでもなかった。

姉の時には熱霧の天にこもる猛暑の午後に、すでに意識も失せて両の腕をわなわなと高く伸べては落とすという動作を際限もなく繰り返す病人を、姉の御亭主と私たち兄弟三人が交代して見まもるうちに、いつのまにか次兄の姿が見えなくなった。暮れ方にかかり、医師が来て今夜は持つだろうと言ったのを潮に、長兄も帰った。

義兄に遠慮して私は留まったが、医師がまた来て、今夜のところは帰って明日の朝に来たらどうかとすすめるので、義兄と二人してひきあげると、その夜半から激しい雷雨になり、遠のいては近づいていつまでも止まず、雷鳴に眠りを破られるたびに、枕もとの電話がひっそりと呼ぶ。すはと頭を起こせば聞こえなくなる。そんなことを繰り返すうちにまた空耳かと思えば実際に鳴っていて、病人が息を引き取ったことを義兄が報らせた。跳ね起きて身仕度も早々に、雷鳴は止んでいたがまっすぐに降りしきる雨の、雨足のかすかに白むようなその中へ走り出て、傘を差しても肩まで濡れて車を拾い、遠い稲妻のときおり差す裏道をくねくねと折れて病院の近くへ抜けると、明けた空が晴れかけていた。清潔な広間の霊安室に移された遺体に面会して、朝からの炎天下、傘を杖に引いて帰って来た。その午後からまた雷雨になった。

長兄の時には次兄は東南アジアのほうに勤めていて、通夜にも葬儀にも駆けつけなかった。通夜の後、私は故人の一人息子と嫂の弟と三人で、広間の祭壇に遺体の安置されたその真上あたりの、二階の畳の間に残って潔めの席の燗ざましを集め、新しい銚子も追加して、階下の祭壇に線香が尽きぬように気をつけながら、秋の夜の白らみかけるまで明かした。次兄が飛行機で駆けつけなかったことについて、そんな宙に浮くようなことはするに及ばない、兄弟三人とも、もう高年にかかっていることだからと思った。たかが五十代のことだったが、その頃には今の世よりも、年齢が重かった。

しかしこの自分には若い頃から、凶事に及んで腰の重い、鈍重なところが、なぜだかあったのではないか、と今になり思う。息を引き取った母親の寝かされた、埃まみれのような小屋に未明にひとり残され、差し入れられた酒を茶碗から啜りながら、これも長年の塵のこびりついたような銀紙細工の蓮の造花の下へときおりいざり寄って死者の枕元の線香を継ぐよりほかは、暗い電灯のもとでもっさりと背をまるめて坐りこんで、朝の九時過ぎに葬儀社の車が迎えに来るまで、憔悴もせずにいた。皆、ほっとしたような顔で小屋をひきあげて行ったなと思いはしたが恨むでもなかった。こうしてひとり死者に向かって茶碗酒を嘗めている自分を、はたからのぞけばいざ知らず、陰惨とも感じていなかった。ただよんどころなくそこにいた。

夜明けに近いか、小屋の脇のゆるい坂道を病院の夜勤明けらしく、笑いさざめきながらくだって行く女たちの声が聞こえて、裏門を出てさらに急な坂にかかり、そこからは一本道の、その先から始発電車の動き出したらしいさざめきが伝わってくる。母親の息の絶えたのと同時ぐらいに大雨の止んだ、その静まりの名残りが聴覚を冴えさせていたようだが、女たちの声を追って聞き耳を立てる自分に、夜の明けかかる空へ小屋の暗がりから鼻づらを差し伸べる牛を思った。

車はほど遠からぬ寺へまわされた。私の知らぬ寺だった。私の家の宗旨の寺でもなかった。葬儀社の人とふたりで遺体を棺に納め、本堂の祭壇に安置するのにも立ち会った。引っ越しは手間がかかっているようで、その夜もひとり、寺で過ごすことになった。庫裏（くり）のほうの一室に敷いてくれた蒲団にやすんで、しばらく眠ってはむっくり起きあがり、庫裏から本堂へ長い渡り廊下を踏んで、祭壇の線香を継ぎに行く。睡気を滴らせながらふらりふらりとたどる廊下の途中で、これはもう半分眠っていても間違いのない、長年馴れた勤めのように感じられ、しかし霊前に線香を絶やしてはならぬとはいつ自分についた心得なのかと訝り、ほかにすることもなかった昨夜の小屋の中からの習いに過ぎないのではないかと疑った。線香を継いだ後、誰もいない夜中の本堂の、祭壇の正面からはずれたベンチに、帰りの道が遠い気がして腰をおろし、ついまどろむことがあった。目を覚ますと、自分がどこにいるのか、どうしてここに来ているのか、しばらくはつかめない。翌日の暮れ方になり、ようやく肉親たちが通夜のよそおいを整えて現われた。

通夜の式を済ませた後、庫裏の座敷のほうに設けられた潔めの席で、喪家の末男として、弔問の客に挨拶をして酒をついでまわるその合間合間に、寝不足の人間はいらざる方へ頭が迷い出るもので、通夜に鮨とは、どんな由来のことか、とそんなことを漫然と考えていた。地方の農村から越して来た人が東京の通夜というものに初めて参列して潔めの席に生臭さの出されているのを見て仰天したと聞く。戦後にもう深く入った頃のことらしい。郷里のほうでは近隣の女たちが寄って来て通夜の客のためにお煮染めをこしらえるという。近隣から手伝いの人が寄って来るでもなく、寄って来るほどの近隣もない大都市の暮らしに、その生き死にに、この人はやがてわびしさを覚えさせられたのではないか、今ではそれに馴れただろうか、と私は聞いて思った。

通夜の場を私が初めて体験したのは敗戦から何年かして、焼け出された私の一家が間借りをしていた路地奥の古家の、主人(あるじ)の老女の亡くなった時のことで、子供が遠慮して廊下からのぞくと、死者の横たわる寝床の前で大人たちが鮨桶を囲んで賑やかにしている。つい昨晩、末期の息へ襖一枚隔てて隣の部屋から耳をやり、息の絶えた後には親にうながされて死に水を取らされたばかりなのに、見てはならぬものを見た気がして、そっとその場を離れた。鮨と線香と、臭いがひとつになっていた。

いや、それ以前に一度だけ、通夜の席に居合わせたことがある。太平洋戦争もまだ始まっていなかった頃の、夏の暮れ方のことだったかと思われるが、まだ明るいうちに母親に手を引かれて、家から歩いて行ける距離の、通夜の家を訪れた。霊前に形どおりに手を合わせた後、広座敷のほうへまわり、すでに大勢の客で賑わう潔めの席の隅のほうに膝を揃えてかしこまっていると、見覚えのない高年の女性が客の間を分けて寄って来て、私の名前を呼んで、よく来てくれた、よおく来てくれましたと涙目でよろこび、小皿に鮨を取り分けてくれた。子供は生臭さにたじろいだわけでなかったが、周囲の賑わいにけおされて、頂きなさいと母親にうながされても手が出なかった。

それにしてもあの通夜の家は私のところとどういう関係にあったのか、母親はなぜ末の幼い私だけを連れて行ったのか、あの高年の女性はどうして私を、私の名前を知っていたのか、あれだけ懐しげに迎えてくれたところでは、私のほうももっと幼い頃にその女性に懐いていたのだろうか、といまになり訝られるが、母親の通夜に初めて浮かんだ記憶なので、確めようもない。

そんなことを取り止めもなく思っては感慨めいたものに耽けるうちに、弔問の客はつぎつぎに立って、幾度も玄関まで見送ったその末に座敷は閑散となり、身の置きどころもないようで鮨桶の前に坐りこんで、さめた銚子の酒を茶碗に集めて干すと、一昨日来の空腹をにわかに感じて、鮨の残りに手を出していた。通夜に鮨をあつらえるのは、おそらく私の生まれる頃にはもう是非もなく、私の親たちと同様に地方から都会へ移ってきた人間たちの暮らす新開地からひろまって、古くからの仏事の習慣のまだ身についた移住者の一代目たちは鮨を前にして、異和感からかえって酒がすすんで、どうかするとお互いに機嫌を掻き立てあって、心の内ではそれぞれひそかに、乱痴気騒ぎに走っているようなうしろめたさを覚えていたのではないか、と想像すればよけいにわびしく、程遠からぬところから伝わる夜の電車の音もさびしく、いつまでも鮨をつまんでいた。

死にとうないとは、往古の名僧であったか、末期の床からつぶやかれた言葉と伝えられ、聞く人によっては、偉い人でも行き着くところ、そんなものかと妙に安心させられるようだが、私には近頃、どうして豪気な、よほど存分に生きた人の言葉に思われる。酒場で上機嫌に酔った客がいい加減にして帰ろうとうながされて、酒がいよいよ旨(うま)くなったところなので、もうしばらくここに居たいと惜しむのに、はるかに通じて、限りのあるのは知れたこと、今はなおしばらく、生涯の充足感の細々となりながらこれを果てにひときわ旨味のまさる、その中に留まっていたいという心か。私の及ぶところではない。

梅雨のようやく明けたらしい日に入院して、とうに家に帰っている。月曜の入院の、金曜の退院のはずだったのが、火曜の手術のその翌朝に医師から明日の退院を告げられて、木曜の昼飯時には家にいた。病院まで出向いて後日の入院の手続きを済ましたその足でひとまずもどって来たような気がしないでもない。

いつもより一日だけ短かったせいか、入院中の時間は苦もなく経った。昼夜、よく眠った。手術を待つ午後にも、呼び出されるまでうつらうつらしていた。声をかけられて、ほい来たとばかりに起きあがった。手術台に載せられ、手足にあれこれ付けられ、腕から熱い感触の液を入れられ、麻酔のまわって来るのを待つ間もなく、いきなり意識が切れて、その次の瞬間のように目を開けば、もう病室の寝床にもどされていた。その夜もおおむね眠って過ごし、朝には翌日の退院となった。

病室は四人部屋だった。部屋は南に面して、私のベッドは窓際になる。廊下側のベッドがひとつ明いていて、同室者は二人、どちらも私と同じ高齢者で、病状があまりよくないのか、昼夜、声も物音もほとんど立てなかった。静かだった。これまでは北に面した病室に入ると夜の更けかかる頃にかならずと言ってよいほど、近くの室から年寄りの呻くような声が伝わってきた。苦痛から呻いているのではないとは聞いていてわかった。消灯の後でも廊下は明るくしているので病室の内は闇ではないが、病棟に物音がはたと絶える時があり、その沈黙は心身の衰えた病人にとって闇にひとしく感じられ、自分で自分の声を聞いていないと、今にも何物かに魂をさらわれそうな気がするものか。

もう三十何年も昔のこと、八十に近かった父親が夏の炎天下の午前の散歩の路上で倒れ、脳梗塞と診断されて病院へ運ばれ、そのまま寝たきりの身となり、それから一週間ばかりして、初めての入院のことで病人に神妙ならざるところがあったようで病院から苦情が来たので、私が泊りこみにやらされ、夜には病人のそばの床に置かれた低い寝台にやすんで、持参のウイスキーを小瓶から口呑みしてまどろむそのたびに、ベッドの上から呼ばれて何やかにや世話を焼かされ、閉口して返事もはかばかしくしなくなった頃になり、呻くような声に呼び起されて見れば、父親はいかつい顔つきで薄暗い病室の内を見まわしては、おかしい、何かがおかしい、としきりにあやしむ。さてはひそかにウイスキーを嘗めているその臭いを、酒呑みだけに勘づかれたかと悪びれていると、点滴から自由なほうの右腕をまっすぐに、白い壁のほうへ突き出して、そこの刀を取れ、と命じた。その気迫に私もおされて、人影がすっと部屋に入って来たような寒さを背すじに覚えた。日本刀なら、戦争の終った後で、進駐軍の目を恐れて、人に譲り渡してしまったじゃないか、とやがて息子に言われて忿懣やる方なさそうに黙りこんだ顔が、どこかの誰かの面立ちに似ていた。後年になり、あれは能面のほうの、悪尉(あくじょう)の顔だったと思った。

戦後には志を得ず世間並みの苦労もして分(ぶん)を心得た人だったが、老年になり寝たきりになってからは、お里の気位(きぐらい)が出たようだった。頑固さに触れて、これは昔の因業地主の顔ではないかと眺めたこともある。寝たきりのまま年の瀬になり、正月は家で迎えると言う。車を雇えばよいと言う。看護婦も連れて行けと言う。看護婦を同行させるとは時代錯誤もいいところと聞いて呆れるうちにも話はさらに行き違って、やがて気がついたことには、車とは人力車のことであり、帰る家とは戦争で跡形もなく失われた郷里の城下町のお邸のことだった。翌年の梅雨時の、夜明けに喘息の発作で亡くなった。

浮世の果ては皆悪尉なり、と戯れに詠んだことがある。芭蕉の名付句と言われる、浮世の果ては皆小町なりの、捩りである。六十代のことだった。あの父親の息子であれば、自分の内にも悪尉の面相がひそんでいて、さらに老いるにつれてあらわになるのではないか、と未明の寝覚めに手洗いに立ったついでに鏡をのぞけば、それらしい面相が浮かびかからないでもない。それでそんな悪戯に思いついたものらしい。まだ壮健の内の諧謔ではあった。

自身いよいよ老いて入退院を繰り返し、高齢の病人たちの様子にも接するようになるにつれて、今の世の年寄りこそ老病について、もしかすると生死についても、昔の人間よりはよほど、おのれのつましい分をおのずとわきまえさせられているのではないか、と考えるようになった。看護婦に文句をつけてからむ病人もあることはあるが、宥めるのにさほど手間がかかるようでもない。夜更けに声を立てる病人は毎度あり、人の気を引くような、厭がらせでもするような口調で言いつのりかけるが、そこで抑制がかかり、自嘲めいたつぶやきになり、まもなく止む。

今から十何年か前にこの病院に幾度か、別の病気で入院することになり、そのたびに、夜の消灯の頃にどこかの病室から年寄りの、吠える声を耳にした。よほど差し迫った容態かと聞いていたが、それから半年ほどしてまた入院してみると、同じように吠えている。さらに三年もしてまた入院すれば、やはり吠えている。病棟も静かな午さがりのことで、声の立つ病室の前を通りかかると扉が開いていて、内には吠える年寄りと、その声ももう耳に入らない様子の年寄りがベッドを並べて寝かされ、吠える声の切れ目に、もうならない、もうならない、とつぶやく言葉が聞き取れた。何年にもわたって病院に居続けるわけもなく、入院を繰り返すそのたびに、所在なさに吠えていたものか。あの声も傍若無人のようで、奔放になりかかるその手前で抑えが掛かっていた。そのつどそんなにも長くは続かなかった。

　これは西洋の中世からの館（やかた）の主人のことだが、臨終の床から何日も続けて、ひろく領内にわたり、日夜吠えて、ために領民も息をひそめて暮らしたという話を若い頃に読んで、話なかばにしてもさすが領主、でかい死を抱えこんだものだ、と舌を巻いた。ということは生きてはでかい運命を抱えていたことになるのだろう、とついでに尻尾も巻いた。我が国のほうでも、由緒のある農家の族長が死期の迫ったのを感じて、身体を拭かせた上に床の中から葬儀のことをあれこれ指図したという話が伝えられ、おのれの最期のことまで取り仕切っているようで、一段とでかい死に思われる。それにくらべなくても、今の世の人間はそれぞれ運命の分け前が小さく、死に方もつましくなっているのではないか。老病死への恨みもつらみも、そして狂乱も、世の高齢化がすすんで、年寄りの介護がいかに厄介な問題になっているかをのべつ聞かされれば、ひとりでに控えられる。公共の場所でとかく年寄りのわがままがまわりの顰蹙を買ったのはおそらく十年も前のことであり、今では年寄りはおしなべておとなしく、順番を待っているようだ。

戦乱の後の世には、元気づいた人間たちもあったそのまた一方で、無差別に殺された人間たちの後を追って長い順番を待つようにして死んで行った老人や病人もあったと聞く。安穏な年月が百年も続いて、人の寿命が延び切ったその末には、同様の死のつましさがまためぐって来るのかもしれない。

入院の日の暮れ方に、ひとつ明いていた廊下側のベッドに病人が入って来て、これで満室となった。境の衝立てを隔てて伝わるところではこれも老人で、急遽こに運び込まれた様子だった。その夜は騒がしいこともなかった。翌日は私のほうも自身の手術のことにかまけて、よそのことを気にも留めずにいた。そのまた翌日、朝の回診に明日の退院を告げられ、拍子抜けのした気分でうつらうつらと昼を過ごして、午後も暮れ方へ傾く頃、隣のベッドから医師らしい強壮な声が、しきりに説得して、やがては口説くようになるのが聞こえた。さしあたり危急のところはしのいだものの、危機は去ったわけでなく、さまざまな病因がからむので、ひとつひとつ検査して行かなくてはならない、と医師が熱心にすすめるのに病人は間遠に答えて、ひとりでつぶやくような声ながら、言を左右にして、なかなか承服しないようだった。話は堂々めぐりになり埒が明きそうにもなく、私としてもすぐ隣から寝ながら耳にしているのも苦しく、遠慮して部屋を立つことにして、隣のベッドの前を通り過ぎる際に、押し開けられたカーテンの間から目をやると、医師は身を乗り出してさらに口説きつのり、寝たままと思われた病人は枕元のほうに泰然と胡坐を掻いている。その顔がうっすらと笑いを浮かべているような印象を受けた。

あの老人はあの齢に至るまで大病というものをしたことのない人なのか、それとも、散々に治療を重ねたあげくに、どうせ早かれ晩かれのことなので、何をほどこしても大差はないと思い定めているのか、と私は廊下のはずれにひとつだけ置かれた椅子に腰をおろして、いましがた受けた印象をたどり返した。

その日の暮れる前に、私はまたベッドに戻って眠ったらしく気がつかずにいたが、その病人は個室のほうへ移されたか、そちらのベッドは綺麗に片づいていた。

退院の朝になり、足掛けわずか四日ながら世話になった挨拶のような気持から病棟の廊下をひとまわりして、手術室の前にも寄り、集中治療室の前にかかると、いつもはひっそりと閉じた戸がいましがた人の出入りしたばかりのところのようで、自動的に閉まるその間際にのぞくと、内は思いのほか深く、こんな奥処（おくが）がこの建物に隠されていたのかと目を惹きこまれ、戸が閉まりきると、想像も及ばぬようになった。

それにしても、白い光に隅々まで照らされた奥処もあるものだと思った。

——其雨其雨　杲杲出日

それ雨降れ、それ雨降れというに、杲杲（こうこう）として出づる日、と訓みくだす。中国太古の詩集、「詩経」の内に見える。詠んだのは無名氏である。杲杲とは日の盛んに照るさまらしい。ここだけ取れば、夏場の旱魃に苦しむ農民の、日々の落胆を思わせるが、ながらく旅にあって帰らぬ夫を今日か明日かと待っては裏切られる妻の詠嘆である。その箇所の前に、あなたが東へ旅立ってからというもの、わたしの頭は風に飛ぶ蓬（よもぎ）のよう、髪を洗うのもままにならないわけではありませんが、誰のためによそおうというのでしょうか、とある。閨怨の女人の髪の臭いが伝わりそうである。

ついでながら昔、何人かと夏に上州の山奥の温泉場を訪れた折りのこと、麓から長々と道をたどって来た車が山間の地にかかった頃、杲小学校という名の学校の前を通り、あの字は何と読むのかと一同首をかしげたところへ、木の上に日だから、日の出だろう、と私が答えると、皆、どっと笑った。私の頓知と取ったらしい。私自身、ほんとうのところはどうだかと思った。細目に開けた車の窓から、道路の照り返しの熱風にまじって、すでに山の涼気が吹きこんだ。皆まだ、髪の香も豊かな若さだった。

退院の午前に書類に署名させられて、まず記入年月日の欄に年までは書いたが、月日のところでちょっと迷うと、八月一日です、と傍から教えられて、月の改まったことを知った。つい先日の入院の際の書類には自身の満年齢を数えそこねて、一年よけいに書きこんでいたものだ。手続きをしまえて表に出て、梅雨明けからわずかな間でも病室の冷房の内で過ごしていたのが、正午前の炎天を仰ぐことになった。初めのうちは光の烈しさにばかり苦しんでいたが、歩くうちに汗が滲み、噴き出すまでになり、家に着くとまず風呂場にまわり、冷いシャワーの水を頭からかぶった。この夏初めての水浴びだった。

それ以来、真夏日が続いている。日が高くなってから汗まみれになって起き出して、今日も晴れた空を見あげては、また苦しい一日になるかと思う。朝の涼しいうちに夏休みの宿題を済ませておきなさいとは親によく言われたことだが、たまたま早朝に寝覚めしたところでは、近年の夏は日が昇るとたちまち照りつける。日の沈む頃にも、涼風が立たない。夜は夜で更けかかる頃から蒸し返して、夜半をまわってもしばしば三十度からさがらない。

とりわけこの夏は高温もさることながら湿気が苦しい。汗が発散せずに肌に粘りつく。足腰にも、冬場の硬さとともまた違って、筋肉が萎えたように力が入らない。あるいは梅雨に入る前の、初夏の頃から、清爽な日がすくなくて、天の鬱気のようなものが長きにわたって体内にも積もって、暑気をよけいに堪えがたくさせているのかしれない。

年寄りの穢れ鮨を思う暑さかな、とそんな句があったかどうかは知らないが、自虐の気味で口ずさんでいることがある。我身も汗を滲ませながら穢れて行く。それならいっそ、風の通るところにぐったりと、蟬時雨の声でも耳にしながら寝そべって日の暮れを待てばよさそうなものを、その暮れ方の涼風というものがあてにはならず、それに五十年にも及ぶ、心ならずもの習いのせいか、早くから注意していても、よりによって夏場に仕事が皺寄せされるというめぐりあわせになり、この齢で炎天の午さがりに机に向かっている。

白雲の峯を机の前からときおり目に浮かべる。八月ともなれば炎天の地平のあちこちから盛んに立ったものだ。これも近年では、夏の気象が変わってきたのか、あまり見かけなくなった。立つことは立つが、入道雲というほどの力はなくて、ある高さまであがると根から離れて、浮いて流れてしまう。昔は崩れた雲の峯が根を曳いたまま上空へ押し出して、空は一面に白濁したようになり、冷い風が吹いたかと思うと、ついいましがたまで日足も降りていたのが、まさに一天俄に掻き曇り、走って家に帰っても途中で大粒の雨に追いつかれ、肘笠の上から叩かれたことがしばしばあった。雷鳴の中、天と地とがひとつになったような降りだった。

入道雲を四方にしきり立たせながら夕立にもならずに暮れていく日もあり、日没の間際に、西のほうでまだ沸きあがる白雲が落日の照り返しに背後から炙られて、雲の峯の縁という縁が金色に輝いたものだ。道を行く人の顔もうっすらと赤く染まる。

夕立が来そうにもないのに、遠くで稲妻の閃く夜もあった。一瞬、黒い乱雲が照らし出され、だいぶ間を置いてから雷鳴がかすかに伝わる。

そのうちに八月も中旬にかかり、暑さは相変らずながら、夜に秋の虫の声を耳にした。半端な声で、長くも鳴いていなかった。秋のおとずれどころか、更けるにつれて蒸し返し、寝苦しい夜が続く。大型の台風が西南の諸島に接近していた。この分なら今年の夏は晩く来て早く過ぎるのかもしれないと思っていると、台風は強い勢を保ったまま西南の海上に停滞して、自転車ほどの速度でしか進まない。西のほうでは集中豪雨をおそれて、つとに大雨警報が出されたがはるか東の、私の住まうあたりでは風も走らず、どうかするとそよりとも吹かなくなり、湿度ばかりがつのる。

それでも台風の影響は遠く及んでいるようで、昼は曇りがちになり、夜には雨が通り、すぐに過ぎるが、夜半に南おもてのテラスに出て見あげると、風もおさまった中、漆黒の空に白い積乱雲が立つ。炎天の昼間よりもよほど盛んに沸きあがる。その雲間に星がひとつまたたいて、漆黒の闇と見えたのは、積乱雲に犯される夜の晴天だったと気がついた。そしてふくれあがる積乱雲が、怒った目を奥に潜めて、星を犯してからさらに、定められた役目をいよいよ果たそうとする、天の眷属の姿に見えてきた。

たいていは何事も起こらない。しかし天体の及ぼす力のもとで、人は眠りもするわけだ。眠りも天の支配下にある。その力が極まったところで人体は耐えられなくなり、最後の息を吐き出すかわりに、眠りに落ちる。翌朝目を覚ました時にはもう、一度死んだようなことも知らず、ただ長い道をたどってきたような疲れが膝に遺るのを、訝るばかりになる、とそんなことを思って床に就くことにした。

雨がまた走るかもしれないので吹き込みをおそれて戸窓をすっかり閉めきり、あかりを消して横になると、ほどなく汗がじわじわと噴き出す。雨戸を閉(た)て切るので早く眠ってしまいなさい、と親に言われたものだ。昔の夏にも夜更けにぱったりと風が絶えて、蒸し返すことはあった。家の内に熱がこもると、もう眠っていたはずの家族の、手にした団扇が胸の上でぱたりぱたりと鳴る。間遠になり、おさまりかけたところで、堪(こら)え性をなくしたようにいそがしく動く。そのうちに喉から細い喘ぎが洩れて、呻いたかと思うと、それきり静かになる。

子供は膝をゆるく立てて寝ていた。敗戦後の栄養不足の身体が蒸し暑い夜にはとりわけ、膝頭のだるさに苦しんだものらしい。それから七十何年も後の年寄りも、寝苦しさに身をもてあまし、若い頃のようには寝返りもままならず、老いた膝を立てている。するとその汗ばんだ細い脛を、かすかな涼風が撫ぜて通る。暑さに茹った肌が招いた気やすめかと思えば、だいぶしてからまた、別の方から寄せて、脛に触れて過ぎる。子供の頃にも覚えがある。わずかに風の立ったような安堵だった。閉めた雨戸の外の狭い庭の、土や草の匂いもふくんでいた。しかしあれは隙間も多い木造家屋のことで、ここは密閉されたコンクリートの空間の内である。

あるいは実際に、表では風が出て雨も走り、それに内の空気が密閉されながら感応しているのか、それとも、熱のこもった人体が閉じた空間にゆるやかな対流を起こし、上昇した空気がそれなりに冷やされ、下降して床（ゆか）を流れ、汗ばんだ肌を撫ぜて通るとすれば、自身の発する熱で自身を冷やしているというつましいことになる。いずれにせよ、つかのまの救いにしてもつぎに吹き寄せて来るのを待てれば、寝苦しい時間もその分だけ楽に過ごせる。そうやって生涯、眠れぬ夜をしのいで来たとも言えるか。やがて限界もあることだろう。

痼った頭の内がそれですこしはほぐれ、表では雨が降り出したようにも感じられて、まもなく眠った。だいぶ眠ってから、おもむろに寝覚めするその間際の、まだ夢の中から、未明の家の内をよろよろと歩きまわる年寄りの影を追っていた。あれやこれや日常の用を今夜の内に済ませておこうとする様子に見える。それがやがて半端なところに、もうひとつ大事な用の残っているのを思い出しあぐねたように立ち尽した。行って聞いてやらなくてはならない、と寝床の中で思った。ひょっとすると長年暮らした住まいの中で俄に道に迷ったのではないか、と危んだのもまだ夢の名残りだったが、遅れて背をむっくりと起こし、暗がりの中で物の端につかまって立ちあがり、部屋の外へ出た。

居間のあかりをつけるとようやく目が覚めきって、雨の通った後のような未明の静まりが身に染みた。病人の付添いではあるまいし、後を追って来たところで為ることもなし、所在なくて、取りあえず手洗いに入ると、あれだけ汗を掻いたのに、小水が勢よく出る。途切れかけては、あらためてほとばしる。先を急ぐ時に限って悠長に、いつまでも出やがる、と駅のトイレに並んで入った同年配の知人が自分で迷惑がったものだ。あれも十年ほど前のことになる。今では先を急ぐようなことは何もない。

　手洗いを出て洗面所の前へ通りかかり、睡気がすっかり落ちてしまいはしないかとためらったが、顔を洗うことにした。冷い水でいつまでも洗っていた。ついでに固く絞った濡れ手ぬぐいで首まわりから、腋から胸まで汗を取った。手ぬぐいをすすいでまたしっかりと絞り、端を揃えて吊すべきところに吊したのは日頃の私としては念入りなことだった。水を使うにつれて、あたりはひときわ静まった。

　台所に寄って冷えた水をコップに一杯、息もつかずに呑みほした。それから家の内をゆっくりと、人の跡でもたどるように見まわし、やれ、済んだか、と何をしたわけでもないのにひとりつぶやき、さいわい睡気があらためて差してきたようなので、その足で寝床にもどることにした。

　横になりまどろみかけると、固く絞った濡れ手ぬぐいで拭き取ったにしては濃い、饐えた汗の臭いがまつわりついてくる。隣りに長くなった病人が寝ていて、ひとりで手洗いに立ったはいいけれど家の内で迷っているその後を追いかけて、腕を貸し、腰をうしろから支えて、小用を済ますまで気長に付き添ってもどったところのように思ったのは、もうなかば夢の続きの境からだった。

——これでさっぱりしたよ。世話になったな。雨があがって、夜も白んでくるようなので、そろそろ出かけることにするか。いや、また起きるには及ばない。

眠りこむ間際に、涼しい声が聞こえた。

遺稿

九月も中旬、二百二十日にかかる頃に、台風がやって来た。海上を進んで房総半島の東か西かへ上陸すると予報されたのが、夜半過ぎに東のほうへあがり、台風の規模にしては中心気圧が低くて風も強く、進路の西にあたる東京でも深夜から未明にかけてだいぶ荒れたが、房総のほうではさらに激しく、あるいは車を飛ばされ家の屋根を剝がれ、あるいは高圧線の鉄塔を倒され、無数の倒木に電線を絶ち切られ、あちこちに停電と断水の難を後に遺した。

後日の報道の映像を見ると、台風というよりは、まるで龍巻の走った後のように見えた。この国にも龍巻がしばしば起こるようになったのは、今から二十年ほども前からだろうか。半日を隔てて伝えられたところでは、強風に吹かれたにしてもあまりにもろく倒れた樹木を調べて見ると、その多くが病害におかされていて、その幹が内部から朽ちかけている。ながらく間伐を怠ったせいで樹が密生して、ひょろりと長く、虚弱に育ち、それで病害を招いたと見られる、とあるのを読んで、しばし考えこまされた。近年、間伐を進めていたが、山林地主の所在が不明で、手のつけられないところもあるという。

台風の来た夜には、コンクリートの集合住宅の二階になる私の住まいでは南側のガラス戸から表をのぞけば雨を捲きあげて吹く西風に目を瞠らされたが、東側の部屋にこもると嵐の凄さにさほど迫られることもなかった。それでも窓という窓をとざした中で、刻々と気圧は下がり湿気は上がっていくようで、まどろんでは汗まみれになって目覚める。夜が明けて風がよほどおさまってきたところで、窓を細目にあけて空気を入れ換え、南おもての桜の老木の無事だったようなのを確めて、ようやく眠りに就いた。

陽が高くなってからぐったりとなって起き出してくると、空は晴れあがって、たちまち猛暑になった。まだ強い風が渡り、樹の枝を揉みしだいているが、台風一過のすがすがしさはなく、相も変らず湿気が重い。房総のほうから被害が続々と伝えられる。電気も水道も来ないという。そんな窮地に自分のような者が置かれたら、とても持たないだろうなと思うにつけても、身の弱りを覚えさせられた。一夜の内にまた弱ったような気もした。

また翌日には午後から空が暗くなり、雷が鳴って刻々と激しく、こんな時期に本格の夕立になり、爽快なほどの雷雨を見たが、小一時間ほどで上がってみれば後の清涼さもなく、夜に入ってさらに蒸し返してきた。その後も、秋へ傾くとも夏へ逆戻りするともつかぬ天候が続いて、さすがに肌寒いように感じていたかと思えばその肌に汗が滲んで、それにつれて夏場の疲れが一度にまわり、膝からは力が抜けて、頭は浮くようで、こんな暮らしはいい加減にして、何とかしなくてはならないな、などといまさら改めようもないのにつぶやいたりするうちに、彼岸はとうに過ぎて、彼岸花も盛りを回わりかけているのに、重たるい天候も体調も改まろうとしない。

——夏の間につい働きすぎると、秋になってこたえるよ。やはり還暦をとうに過ぎたからかね。

人の声が聞こえた。私よりも七つばかり年上の人の声だが、今の私よりは二十年の若い昔のことになる。やはり彼岸も過ぎた秋の暮れ方のことになる。沈むばかりの陽が街を赤く染めていた。風はぱったりと止んで、夏の名残りの蒸し暑さが赤光とともにあたりに凝っていた。約束の時刻に遅れて駅から急ぎ足で来た私の目に、杖を引くようにゆっくりと行くその人の背が見えて、ほっとして追いついて肩を並べるとむこうから、顔も見ずに、独り言のように話しはじめた。

夏場の疲れが一度にまわって、膝からは力が抜けて、頭は浮くようで、とはあの人の言ったことだった。こんな頭をこんな膝で支えて、よくもよろめかずに、まっすぐ歩いていたもんだと思うよ、とさらに言う。並びかけた時に、もたれかかるような気はしなかったか、いや、往来で倒れるなどという、派手な往生は、俺みたいな者には似つかわしくないことだと笑った。聞いて私はまだ五十代のなかばにかかる年頃ながら近頃、頸椎が塞がりかけて歩行不能のぎりぎり間際まで行ったばかりのところなので、他人事にも思えず、歩くほどむずかしいことはないのですね、と相槌を打った。

あなたはたしか僕と六つ違いだったね、と相手はたずねて返事は待たずに、いずれにしても食料不足の時代の子だな、そう言えば今でもときおり、ひもじさの翳が目もとに走るよ、ならば覚えているだろう、腹をすかせて力の入らない足でどこまでも歩いたことを、道の先のことはもう考えず、一歩ずつ、だるさを踏んでいたものだ、と今もその続きのようにひとりでつぶやいていたが、しかし子供は、それこそ餓鬼のように痩せこけていても、まだ身は軽い、と転じた。僕などは敗戦の年に旧制の中学の二年生で、まだ少年の内だったが、空腹に苦しむと、身体はもう軽くなかった、と言う。

子供の頃から何かと肉体労働をさせられた時代でもあり、学校で軍事教練も多少積んでいたので、痩せこけていても、骨格は出来ていたと思う、と続けた。筋肉のほうも、脂気もなくすじすじのものながら、それなりについていた。食料事情が追い追い良くなってきたのは、新制の高校へ移ってしばらくした頃だろうか。質よりも、まず量のことだ。粗末な喰い物でもとにかく腹が満ちるようになると、体格が見る見るよくなった。まして肉も喰べられるようになると、さらに頑丈な身体にはなった。しかし、あれがはたして良かったか。青年期にかけて急速に成長したことが、後年のわざわいになっているのかもしれない。愛想もない身体のようでも、どこか弱いところがある。五十代に入って同年配の、旺盛と思われた人の訃音が一時期しきりと伝えられたものだ。脳溢血に心臓発作、動脈瘤に静脈瘤、長年の働き過ぎのせいもあるのだろうか、毛細管が身体の急な成長に置かれて、強くなる時機を逸して、育ちきらなかったせいだか。循環系の不調に苦しむわけでないが、身体の微妙なところの、何とはない不全を感じさせられる。とりわけ暑かった夏の名残りの、こんな赤い秋の暮れ方には若い頃からそうだった。

還暦を過ぎても頑丈に見えるのに、内にはそんな虚弱さがひそんでいるかと私は訝って、六つ年下の我身の、来歴をひそかに較べた。わずか六年の差でも、食料事情の改まってきたのがまだ子供の内だったのと、すでに大人になりかけていたのとでは、身体の出来方が違うようである。私のほうは高校の頃には痩せこけた、背も低い生徒だったのが、大学に入った後からおもむろに背が伸びて、やがて人並みの身長を、当時としてはわずかに上まわるところで落ち着いた。しかし食料が豊富とはまだ言えぬ時代だった。ろくなものを喰っていなかった。それに、元気ではあったが、食がどこか細かった。腹をすかせていても飲食の手前で、貧しかった時代の喰い物の臭いが鼻についてくるようで、箸を置いてしまう。いまさらのアレルギーのようなものか。その後も中年まで、食事を済ますと、ほっとして立つ癖がついた。それでも、人からは、元気な人間と見られていたことだろう。実際におおむね元気だった。衰弱感に苦しむこともまれだった。過不足のない、ありがたい身体とも思うようになった。

ところが先頃、頸椎に狭窄を来たして歩行不能の手前まで行き、手術後に半月にわたる仰臥のままの固定という苦業を強いられた時、かなり恢復した頃に執刀医が、あなたの骨は固くて良い質なのだが、頸椎のところが生まれつき人より狭くて、長年の間にこんなことになったと言う。聞いて私は自分の身体の秘密をこの年になってようやく知らされた気がした。影響がどこへどう及んでいるかは感じ分けられなかったが、背をまっすぐ立てた上に頭をやや垂れて歩く自分の後ろ姿が目に浮かんだ。手術の直前まで病棟の廊下を歩いたものだ。腰から背をまっすぐに立て、頭はさすがに垂れると全身のあやうい釣り合いが崩れそうで正面に向かって上げていた。先方の廊下のはずれが遠く、足もとへちらりと目を落せば、脚が長く見えた。それでも杖にも歩行器の世話にもならず、廊下の壁の手摺りにも頼らず、むしろ両側の壁の質感に負けるのをおそれて廊下の真中を、一歩ずつ、揺らいで倒れかかるのを先送りするように歩いていた。あのもう歩けるか歩けないかの脚で、どうしてあれが出来たのだろう、といまさらあやしんだ。あるいはあれほど切り詰まっていなくても、何十年もの間、あんなふうにして長年のここまで歩いて来たのではないか。よくも歩いたものだ。速足にして同じこと、あやういところを前のめりに抜けて来たのかもしれない。

それから半月もして、廊下に出て歩けるようになった頃に、医師がまた言った。あなたはすなおな身体をしている、と。よけいな反応を示さないということらしい。聞いて私は四六時固定の時を振り返り、そんなことはなかろうと首を傾げた。幻覚にしばしば苦しめられた。夜の寝覚めには広漠とした虚空に放り出された。しかし喘ぐでもなく呻くでも、まして助けを求めるでもなく、黙って堪えていた。むしろ取り乱すほうが、正常の身体の反応ではないかと思われた。

忍耐とすれば、これにも含みがあるようだ。その芯には怖れがあった。もしもほそぼそとした忍耐がひとたび切れたら、自分はまっすぐに狂乱の中へ突っこんでいくのではないか、歓呼でもするように、とその怪異な姿を怖れた。結局は耐えることになる。先のことは思わず、刻一刻の心になり、ただ呼吸を整えるうちに、何でもない表の世界のやすらかな光景が浮かんで、自分も病みあがりの脚で歩いているようで、苦しい幻覚はほぐれる。

五十日の病院暮らしから家に帰ると、長年の住まいの内でも足取りがあらためてたどたどしく、せいぜい部屋から部屋へと歩行につとめるうちに、十日もすると戸外にも出られるようになり、また半月もすると近間の並木路から馬事の公苑まで足を伸ばし、気長に歩いていた。とにかくまっすぐ歩けることが不思議に、寝たきりの病床からの幻覚のように思われた。

まして秋には暮れ方に公苑のまわりを走るようになり、日が短かくなるにつれて周回を重ね、冬至の頃には走り出すと間もなく夜になり、やがてはまったく夜を行く、夜行となり、これこそ我ながら気狂い沙汰かと疑われた。

あれから三十年近く経つ今ではなおさら、あれは誰であったのか、怪しい者でも見たように目を瞠らされる。

壮健ということは、去られて見れば、あやかしのようなものか。

彼岸を過ぎても秋らしい天気にはならず、台風がまた発生して西のほうへ向かうその影響か、南の風が吹きこんで炎暑の日もあり、涼しくなって気分の変わるのを待っていたが、日数もすすんで、夏の疲れの回復も急には望めないようなので、取りあえず次の仕事にかかって幾日かすると、夜の眠りの浅瀬にかかるところで、どこからとも出所の知れぬ文章が瞼の内に浮かんで、その晦渋な意味がようやく読み取れそうで、こんなに端的なことだったのか、と安堵の息を吐くと、束ねたつもりの意味がばらばらに散ってしまい、そんなことを幾度かくりかえした末に、眼も頭も疲れはてて目を覚ます。

何時の何処の誰の文章とも、思い当たる節もない。何を告げる文章とも知れない。

横文字の時もあり、縦文字の時もある。どちらも読み取るように誘いながら、もうひと摑みのところで散乱する。とにかく音声が伴わないので、いくら読もうとしても読み取れないのだ、と恨みのようなものが後に遺る。ひょっとしたら自身の内の、その基底に埋めこまれたものを記した文ではないか、とちらりと思ったが、そんなものなら自分から読み取ろうとするべきでない、また読み取れるものではない、と払いのけた。

　九月も末にかかり、また台風が洋上に発生して、温度も湿度も高くて、寝苦しかったせいもあったことだろう。その台風が西のほうへ逸れた頃だったか、ある朝、深くも眠れなかったにしては寝覚めが爽やかで、頭の内もすっきりと晴れて、五体に快癒感がある。何事かとたどり返すと、夜明けにもう近い時刻であったか、また晦渋なテキストの読解に苦しめられたそのあげくに、解けもしないのに一転して楽な気持になり、あとは又寝（またね）の夢の内になるが、起きあがり家を出て、夜の明けた並木路まで足を伸ばし、梢の輝く下を杖もつかずに行ったり来たり、こんな軽々と歩くのは何年ぶりのことか、これなら旅にでも行けそうだ、としきりに感に入っていた。これは夢の内のことだが、陽が高くなってから実際に起きあがり、身仕度を整えて散歩に出れば、ひさしぶりの晴天のせいでもあるか、足の運びが夢の内にはほど遠いが平生よりは楽なようで、並木路をいつものように杖もつかずに七まわりして、気持よく帰ってきた。

ところが、それからわずかな何日後の夜には、ふた月あまり前に退院したばかりの病院のベッドに寝ていた。救急車に運ばれたわけでない。その日、気分がすぐれず正午近くまで寝床にぐずついていたが、午後には平常通り仕事に就いた。そのうちに手が慄えて文字が乱れがちになり、頭の内が固く詰まって物が考えにくくなり、それでもしばらくはそのうちにやわらぐだろうとこらえていたが、脱力感が全身にひろがり、午後の三時頃だったか、これは外来の時間外で診てもらうに越したことはないと思い切り、机の上をさっと片づけて、妻にその旨を告げると、だしぬけのことなのに妻は怪しみもせずに、すぐに仕度にかかったところでは、本人の思うよりはよほどひどい様子をしていたと見える。車を拾うために、付き添われて表通りまで出る時には、杖にすがってやっと歩けるありさまだった。それでも入院にまでなるとは思っていなかった。

診察室に入る時から車椅子の人となった。若い医師が黙々とパソコンのキイを叩いて、既往のデータを克明にたどるらしいのをただ眺めていた。別室に移されて腕に点滴用の針を刺すことになり、静脈へ針を通そうとしては通らず、くりかえし試みるのを、もっぱら人の苦労として気づかっていたが、どうやら入院となったらしいと察していた。ここまでどれだけ時間が経ったのか、院内はひときわ閑散として、日も暮れたように感じられた。それからCT、MRIと続けて検査を受けたが、いつもより早く済んだように感じられたところでは、意識は失われていなかったが、途切れがちだったようだ。とりわけ途中の、移動の記憶が飛んでいる。病室の片づくのを待つ間、車椅子の上で慄えが来て、見かねた看護婦が近くの明いた診察室に寝かせてくれた。つぎに目を覚ますと、病室のベッドにいた。

十月の三日の夜のことになる。またここに来ていると呆れただけである。八月の一日に退院したばかりだった。今度は入院二週間の予定だと言う。これまでのたびたびの入院はいつも足掛け五日、前回はわずか四日だったので、二週間とは日々に堪えてやり過ごすにはあまりにも長すぎる。病名もまだ定まっていないようであり、寝ていれば五体も難儀もない、それだけのことを確かめてまた眠った。頭の内はひきつづき、何を考えるでもないのに、痼り気味だった。

寝覚めはしたようだが夜半も未明も知らず朝まで眠り、まだおぼつかぬ足取りながら看護婦に付き添われ杖をついてまず難もなく手洗いに通い、朝食も机のほうへ行って済まし、また眠って覚めると昼食が来ていた。意識もまず健全だったが、午後から眠るうちに例の、不思議な文字のつながりが瞼の内に浮かび、こちらはもう相手にするつもりもないのに、勝手に意味にまとまりかけては乱れて、やがては文字ともつかぬ黒い点となって散る。薄目をあければアスベストの天井にちりばめられた黒い斑点の、文様にもならぬ文様と知れた。こんなところまで立ち回り、御熱心なことだと笑って過ごした。

かと思えば目をつぶり眠りかけると、ベッドがするすると動き出す。病院とも違ったオフィスビルらしいところを、廊下から廊下へ、誰に押されるでもないのに、人をよけて角々をなめらかに折れて行く。頭のほうを先にして運ばれているはずなのに、前方の見えるのが不思議だが、とにかく安楽だった。これは車椅子に運ばれた時の残感なのだろう、と取ってなるにまかせるうちに、さすがに安楽さも行き過ぎるように思われて目をひらくと動きも停まり、病室の天井を眺めた。昼間にも一本だけの螢光灯が点いている。その片端に非常灯のような青緑の小さな角灯があり、何だろうかと訝るうちに見えなくなった。これはまともな幻覚だった。

翌日の週末にもう一度、ＭＲＩによる綿密な検査が行われ、腎盂炎とひとまず診断されたようだった。熱はなく、とりわけ苦しいところもなく、用心のために看護婦に付き添われて手洗いに通うのと、ベッドから自分の脚で机のほうへ移って三度の食事を済ますのと、ほかにすることもなく、持参の本も読まず、先のことを思わず、ただ時間の過ぎるともなく過ぎて行くのにまかせていると、かえって退屈に苦しめられない。頭の内の痼りもいつかほぐれて、不可解な文字が瞼に浮かぶことも、ベッドがひとりでするすると走り出すことも、向こうから悪戯に飽いたように、起こらなくなった。しかし入院から日数を置かずに、一家あげて外国に短期滞在していた次女が駆けつけてきた。

何を聞かされて来たかは知らない。家の者が医師に何を聞かされたかも知れない。とにかく、入院の際にはひどい様子をしていたに違いない。回診に来る気鋭の医師の説明にふくみのあるのも、聞き取っていた。二、三の点を簡明にたずねて、留保つきの答えを受けている。しかし三年あまりも前になる手術の後から、先のことはわからない、その先のこともどれほど先になるとも知れない、と思い定めて暮らしている。いまさらの事でもなかった。

次女の土産の、パリのシテ島のサンチャペルの日本語版の案内書をめくるうちに、自分も来たことのあるような気がしきりにして、壮大なステンドグラスの写真のところでようやく思い出した。あれはたしか外壁の改修中のことで足場を組まれて正面も側面も見渡せず、聖堂の内に入ってもなかば工事中で、復活祭にまだ間もある曇天の日でもあり、ステンドグラスはくっきりとは浮き立たなかったが、それでも宇宙を見あげたように呆然と立ちつくしたものだ。三十年あまりも昔のことになる。それにひきかえ次女のほうはつい昨日も来ていたように感じられた。

週のなかばにかかり、苦痛らしきものもないので、この分なら週末の退院と思っていたところへ、来週まで繰り返すと医師に申し渡された時には、先が果てしもないように感じられたが、一人になって考えてみれば、一日ずつ数える習いがこのところ失せているようだった。消灯時間の後も、眠れるわけでないが、時刻の遅々として経たぬことに苦しまなくなっていた。家の者はさぞや所在ないことと思ったか、午後から車椅子を借りて、病院の前の景色のよいところまで運んでくれる。入院以来初めて、戸外の陽差しの中に立った。すこし長く杖をついて歩いてみた。次女はやがて外国へ帰った。長女はその後も毎日来て、車椅子の散歩を続けた。そのうちに、週末の退院はもともと無理だったはずで、この十月の中旬に、また台風がやってきた。

その土曜日の午前に、窓側の小さな椅子に腰かけて、北側へ一八〇度ひらけた街を眺めると、上空に黒い雲がしきりに東から西へ走るばかりで、地表は静まって見えた。雨が降っているかどうかは、ガラス窓越しはわからない。病棟内は閑散として、廊下の足音もあまり立たない。関東への上陸は夜になるが大型の台風なので外出は避けるよう、テレビで呼びかけているそうで、ここの病院でも要員をぎりぎりまで控えているようだった。

　暮れ方も近くなり、また窓際の椅子に腰掛けて表を見渡すと、相も変らず地表は静かなので、広角のためにそう映るのかと疑って、遠方の中央にそのあたりで一本だけ高くまっすぐに立つ樹木を眼の軸に据えて見ると、上空の黒雲の流れは数段激しく、その樹も左右に揉まれている。あたりに孤立して、すぐ周囲の家の陰とならぬよう大枝を切り詰められて細く伸びた樹木だけに、もろに風にもてあそばれている。これで本格の嵐になったら、どうなることか、と心配された。

　夜に入っても私の北向きの病室では大風の気配も感じられなかったが、消灯の前に回診に来た看護婦の話すところでは、台風はすでに上陸していて、南向きの病室では強風が窓に吹きつけて、おそろしいように鳴っていると言う。同じ建物の同じ六階の中で、こちらの静かさが奇っ怪に思われ、あるいはこちらの耳がこの病中に遠くなり、感受性も全体に鈍くなり、いささか外界から隔てつつあるのではないか、とひそかに疑った。窓から表をのぞくと、一面に雨霧につつまれているように見えるばかりで、風の烈さをわからなかった。それでもしばらく椅子に腰かけて眺めていた。

夜半近くに寝覚めしてまた手洗いに立つと、いま台風の眼に入っている、と看護婦に知らされた。部屋にもどって窓からのぞけば、上空をあまねく覆って動かぬ暗雲のもとで、地表がほの白く、みずからかすかな光を放つように、遠くまで見渡せる。その全体の静まりのほかはどこと摑みどころもない風景だが、惹きこまれて眺めた。時間もしばし停まっているように感じられた。長年、時間に追い立てられるような、追い立てられるでもないのにその先を走ろうとするような、そんなふうにしてきたあげくに、ようやく、時間の停滞に消耗させられずに折り合っている自身を見た。あるいは寿命の境に入ったしるしかとも疑ったが、自己感は乱れず、子供の腰掛けのような小さな木の椅子にいつまでも坐りこんでいた。

心身の静まり返ったところで床に就くと吹き返しも知らずに眠って、翌朝、多摩川の大水を知らされ、台風が眼に入って私が窓際に腰掛けて無心のようになっていたその間、あの広い河川敷に溢れるばかりに濁流が走っていたのかと驚いた。次女の一家の留守宅がその流域にあり心配されたが、私も青年の頃にそのあたりをよく歩いたことがあり、次女たちの住まいは高台ではないが河川敷よりはよほど高いところにあるので、ひとまず安心した。しかし午後になると、北国のあちこちの川が氾濫してすくなからぬ犠牲者の出たことが伝わってきた。私は病室のテレビを使わないので、すべて人の口からだった。人の口から伝わる災害はよけいにおそろしく聞こえる。台風一過の後らしくもなく、雨もよいの一日だった。日曜日のことで、病棟は閑散としていた。

翌日も月曜日だが休日で、病棟はひきつづき閑散として、空は曇ってときおり雨が降った。北国の洪水の犠牲者の数が増えていく。行方不明者もすくなくない。堤防の決壊の間際にはさぞや轟々と激流の音が空からかぶさって来たことだろうと想像するにつけて、敗戦直後の子供の頃に、大雨の朝、大粒の雨が屋根を激しく叩き、当時は不吉のように感じられていた朝の電灯のかすかに揺れるその下で、家族が茶袱台に寄って、水の出そうな土地でもないのに、一同黙りこんで朝食をしたためていたことが思い出された。雑音のしきりに入るラジオから、戦災で行きはぐれた縁者を尋ねる、「尋ね人」の声が流れていた。次女の留守宅は本流に入る支流が逆流して溢れ、避難勧告が出て逃げた人もあったが、浸水は免れたと分かった。私のほうは明日の退院となっていたが、翌朝の医師の診察次第ということなので、どちらともつかぬ気持で一日を過ごした。大勢の人間が難に遭って逃げ惑っているその時刻に、病室の窓辺で自足の心地に漬っていた報いで、すぐにはここを出られないような気もした。

翌日は朝の内に診察室に呼ばれ、しばらく診察してから一度外へ出され、まもなく呼び返され、月末の外来の時まで様子を見ることにして退院を許可された。こちらも多くは尋ねなかった。十一時前には家に居た。

十月のなかばを過ぎても、雨もよいの曇天が続く。ある日は雨がちの一日、日没の西の空が赤く焼けて、その上を黒い乱雲が赤く染まって裾を飛沫のように曳いて南へ走り、上空はすでに曇ったままに暮れているのに、地表には目に立たぬほどの赤光が漂うようなのを訝って自分の手の甲を見れば、暖くもないのに赤く照り、東の空には虹が、ほんの一部だけうっすらと、薄雲ににじむようにかかり、雲の中へ紛れようとしてはまた浮かび、やがて消えた。雨あがりの虹の爽やかさではなくて、むしろまた大雨を告げる不吉な兆しに見たのはつい先日の、これも季節はずれの台風の余波がもたらした大水と、その多数の犠牲者を思ったせいか。天の動向も見るのにたけた昔の人なら、いましがたの虹をどう占うか、聞いてみたくもあった。

その後も天気はぐずついて、金木犀の開花が例年よりひと月も遅れていると伝えられ、それにひきかえ彼岸花のほうはまず相応の時期に咲いていたのは幽霊花とも呼ばれるだけに暗い天気は厭わないのか、などと余計なことを思ううちに、ある日、ひさしぶりに晴れあがり、これもひさしぶりに来客もあり、この分なら秋の日和も落着いて、やがて枯草や枯葉の匂いも陽差しに漂い、心身もあらたまると期待したところが、翌日からもう雲行きが怪しくなり、また台風崩れの低気圧が太平洋上を東寄りに接近していると伝えられ、さすがに今度はたいしたことはあるまいと思っていると、またしても千葉県を中心に大雨が降り、半日の内にひと月分の雨が集中した土地もあり、あちこちで洪水となった。犠牲者も十人ほど出た。十月も二十五日になっていた。

翌日の夕刊で家ごと水につかった空中写真を見せられて、それが千葉の佐倉と知り、その地に知人の住んでいることを思い出し、こういうことで夜に電話するのもなにやらはばかられて翌日になってから掛けると、知人がすぐに出て、住まいは高台にあるので難は免れたとのことだった。水を蒙った土地は昔の砦の壕であったところで、やがて水を抜いて川へ落とし、平たく均らしもしたのだろう。この戦後の経済成長期、おそらくバブルの頃に郊外都市として急速に発達してきたのだろう。

人はすくなからず、住んではならないところに住んでいると言われる。昔は大水のあったところに知らずに住んでいる。あそこはよくない土地だ、と古老たちの戒めるのも幾代かは伝わるが、安穏な年が何十年も続くうちに忘れられて、人家の集まったところで、水が暴れる。長年の間には危機感も失われて、くりかえす警報にも避難勧告にも、危急のサイレンにも、異様になった雨の音や川の激する音にも、さらには半鐘の連打にも、反応がひとつ遅れはしないか。水を技術で抑えこんだつもりの大都市ではなおさらのことだ。昔は湿潤の土地だったところに発達している。

そういう私自身も、病院で過ごした嵐の夜に台風の眼に入ったという街の、暗雲のもとでほの白く浮き立った光景を、一個の生涯の静まりのように自足して眺めたものだ。これでも私の父祖の地は西美濃の、木曽、長良、揖斐の三川の合流する低湿の地である。古来、大水に苦められ、中世の頃は輪中と称して、村落と田畑を二メートルほどの堤防の輪で囲んで、難をしのいだという。近隣の輪中の間の堤防の高さのわずかな差が死活のことになり、争いの種になったそうだ。

明治二十九年と聞く大垣の大水害は父親のまだ生まれる前のことであり、祖父は私の生まれる前に亡くなっているので、当地の水難の話は私のところまでは伝わらず、私にとっては水よりも火、敗戦の年の七月に疎開先の大垣の大空襲による市内炎上を見たので、生涯の後遺症になっている。しかし後年になり、江戸期の西美濃の治水工事のために大勢の地元の民と、幕府から普請を負わされて遠征して来た薩摩の武士が犠牲になり、堤防の破れた責任を取って割腹した指揮者も五十人にも及び、薩摩武士の遺霊が末長く西美濃の地に祭られたと知らされた時には、土地について生きるとはこういうまがまがしいものも負うことかと、私のような都会の人のうちにも、重い感動があった。

自分が何処の何者であるかは、先祖たちに起こった厄災を我身内に負うことではないのか。

（未完）

初出

雛の春　「新潮」二〇一九年七月号

われもまた天に　「新潮」二〇一九年九月号

雨あがりの出立　「新潮」二〇一九年十一月号

遺稿　「新潮」二〇二〇年五月号

＊生前の著者の意向により掲載しました

古井由吉　ふるい・よしきち

一九三七年東京生まれ。東京大学独文科修士課程修了。ロベルト・ムージル、ヘルマン・ブロッホらドイツ文学の翻訳を手がけたのち、七一年「杳子」で芥川賞を受賞。八〇年『棲』で日本文学大賞、八三年『槿』で谷崎潤一郎賞、八七年「中山坂」で川端康成文学賞、九〇年『仮往生伝試文』で読売文学賞、九七年『白髪の唄』で毎日芸術賞を受賞。『山躁賦』『眉雨』『楽天記』『野川』『辻』『白暗淵』『ゆらぐ玉の緒』『この道』ほか数多の著作を遺して、二〇二〇年二月永眠。

われもまた天(てん)に

二〇二〇年 九 月二五日 発行

著 者 古(ふる)井(い)由(よし)吉(きち)

発行者 佐藤隆信

発行所 株式会社 新潮社

〒一六二―八七一一 東京都新宿区矢来町七一
電話 編集部 〇三-三二六六-五四一一
読者係 〇三-三二六六-五一一一
https://www.shinchosha.co.jp

印刷所 大日本印刷株式会社

製本所 加藤製本株式会社

乱丁・落丁本は、ご面倒ですが小社読者係宛お送り下さい。送料小社負担にてお取替えいたします。

価格はカバーに表示してあります。

ISBN978-4-10-319212-1 C0093